Mauerfälle

Geschichten eines vietnamesischen Berliner

DANG LANH HOANG

Mauerfälle

Geschichten eines vietnamesischen Berliner

Herstellung und Verlag:

BoD – Books on Demand, Norderstedt

ISBN: 9783752667165

Preis: 9.99 €

Umschlag und Illustrationen (Bilder und Fotos):

Recto : Himmel und Berge, Verso: Hanoi (2013), Ost-Berlin (1986), © JP Bouzac

Inhalt

Über den Autor

Dang Lanh Hoang wurde 1948 in Vietnam geboren. 1971 schloss er sein Chemiestudium an der Universität Hanoi ab und arbeitete bis 1975 danach als Hochschullehrer in Vietnam. Im Zeitraum zwischen 1975 und 1988 war Hoang als Wissenschaftlicher Mitarbeiter des Nationalen Forschungszentrums Vietnam (NFZ) in Ho-Chi-Minh-Stadt (ehem. Saigon) tätig. Im Rahmen der bilateralen Zusammenarbeit zwischen dem NFZ Vietnam und der Akademie der Wissenschaften der DDR (AdW) wurde er zum Doktor der Chemie promoviert und hat anschließend von 1988 bis 1991, während der Zeit des Berliner Mauerfalls, als wissenschaftlicher Mitarbeiter eines Forschungsinstitutes der AdW der DDR in Berlin gearbeitet. In der Folgezeit war er an Forschungsinstituten in Berlin und Rostock tätig, bevor er 2014 in den Ruhestand ging.

Seitdem lebt Hoang in Berlin. Er ist Autor von Kurzgeschichten und Übersetzer literarischer Texte aus dem Vietnamesischen ins Deutsche und aus dem Deutschen ins Vietnamesische, darunter *„In Zeiten des abnehmenden Lichts"* von Eugen Ruge, *„Auslöschung"* und *„Holzfällen"* von Thomas

Bernhard, sowie „*Deutschstunde*"von Siegfried Lenz[1*] und „*Sie kam aus Mariupol*"von Natascha Wodin.

Über das Buch

Das vorliegende Buch ist eine Sammlung persönlicher Erlebnisse des Autors. Bevor er in die DDR kam, hat er in Vietnam gelebt, und sowohl die Zeiten des Kriegs in Nordvietnam als auch die Wiedervereinigung der Nord- und Süd-Teile des Landes, das durch einen langen Krieg jahrzehntelang getrennt worden war, miterlebt. Jetzt in Deutschland, das nach einer langen Ost-West-Teilung ebenfalls wiedervereint und seine Wahlheimat geworden ist, kommt es nicht selten vor, dass die Erinnerungen an die Jahre in Vietnam wieder wach werden. Das kann auf dem Weg zur Arbeit passieren oder einfach beim Spazieren im Wald, beim Beobachten von Barfußspuren auf Straße oder von Flugzeugen im Himmel. Trotz der großen Entfernung, die zwischen seiner neuen und alten Heimat liegt, trotz des großen Zeitraums, der sein Leben in Vietnam und in Deutschland trennt, scheint es merkwürdigerweise fast

---

[1] www.literaturport.de/wab/Dang-Lanh.Hoang sowie stadtsprachen.de/author/dang-lanh-hoang/

immer direkte oder indirekte Verbindungen zwischen verschiedenen Orten und Zeiten zu geben.

Über den Illustrator

JP Bouzac wurde 1960 in Cognac, Frankreich geboren und lebt seit 1986, nach Absolvieren seines Militärdienst im Alliierten Stab, in Berlin. Er hat mehrere Bücher in französischer und deutscher Sprache, Kurzgeschichten und weitgehend autobiografische Berichte wie *Mein kalter Krieg* veröffentlicht. Als Grafiker verwendet er verschiedene selbst erlernte Techniken, in diesem Fall Collage, Zeichnung und Acrylmalerei.

Barfußspuren

Sie war eine junge Frau und ich sah ich oft im Bus der Linien
25 oder 27, die in Rostock Reutershagen mit dem Saarplatz
verbinden. Sie war hübsch, hatte große, klare Augen, lange
braune Haare mit kleinen Locken. Sie wirkte bescheiden,
sogar ein wenig schüchtern, mit ihrem leichten, versteckten
Lächeln. In einer Universitätsstadt wie dieser, wo
Studentinnen und Studenten fast an jeder Ecke zu sehen
sind, wäre auch sie nicht so auffällig gewesen, wenn sie nicht
barfuß gegangen wäre.

Als ich sie zum ersten Mal im Bus barfuß stehend gesehen
hatte, hatte ich zunächst nur gedacht, vielleicht hat die junge
Frau Spaß, mal barfuß zu laufen. Wie man es ab und zu mal
macht, spontan, eben nach Laune. Insbesondere hier, in
Rostock, nicht weit vom Ostseestrand, wo man dies gern tut.
Ich hatte schließlich sogar schon mal mit meinen Augen
gesehen, und konnte es nicht glauben, wie ein junger Mann,
im stark verschneiten Winter, barfuß auf dem Schnee am
Strand von Warnemünde gelaufen ist. Aber als ich sie später
mehrmals wieder barfuß laufen sah, dachte ich zwar nicht, sie
wäre ein Mitglied des Mönchsordens der Barfüßler in
Rostock, habe aber verstanden, dass es bei ihr keine spontane
Aktion war.

Zufall oder nicht, sie stieg jedes Mal genauso wie ich an der Busstation Parkstraße aus, lief die Laurembergstraße und dann die Erich-Schlesinger-Straße entlang, bog in einen zu meinem Institut führenden Fußgängerweg ab, bevor sie in irgendeinem der in der Nähe liegenden Uni-Gebäude verschwand. Und jedesmalig folgte ich ihr, Abstand haltend. Die Straßen sind asphaltiert und ihre Fußabdrücke waren natürlich nicht zu sehen. Erstaunlicherweise erschienen diese unsichtbaren Spuren dennoch deutlich vor meinen Augen, wie die sichtbaren Barfußspuren von damals, auf der Oberfläche eines Deiches in Nordvietnam im Sommer 1966.

Zwei Jahre schon, seit August 1964, hatten amerikanische Kampfflugzeuge Nordvietnam bombardiert. Die Stadt Hanoi wurde von ihnen zwar noch nicht richtig heftig angegriffen, aber der Krieg hatte uns alle schon längst und vollständig in seine Gewalt gezogen. Tags oder nachts konnten die Sirenen, die überall in der Stadt, hoch auf den Häusern installiert worden waren, jederzeit plötzlich zu heulen beginnen, bevor aus den Lautsprechern, die an fast jeder Straßenkreuzung an Laternenpfählen oder Strommasten aufgehängt worden waren, eine strenge, bedrohliche Stimme zu hören war: *„Achtung, Mitbürger!*

Achtung, Mitbürger! Feindliche Kampfflugzeuge sind fünfzig Kilometer vor der Stadt".

Die größten Sirenen befanden sich auf dem Dach des Hanoier Opernhauses. Sie konnte man auch aus großer Entfernung am deutlichsten hören. Jedes Mal, wenn US-Kampfjets sich der Stadt näherten, wurden alle über Lautsprecher aufgefordert, sich unverzüglich in die da und dort installierten Schutzanlagen zu begeben. Sie waren fast überall in der Stadt zu finden, entlang der Straßen, an den Kreuzungen, in Hinterhöfen oder in jedem Park. Für Fußgänger wurden sogenannte Personenschutzanlagen installiert, die nichts anderes als mannshohe, senkrecht in die Erde eingegrabene Zylinder aus Beton waren, die damals speziell für diesen Zweck massenhaft produziert wurden. Und, wie oft musste ich schon in so eine Anlage hineinspringen, wenn nicht mit Freunden, meinem Bruder, meiner Schwester oder meiner Mutter, dann allein oder mit völlig fremden Leuten, und am ganzen Körper zitternd hören, wie oben Maschinengewehre aller Kaliber von den Hochhausdächern in den Himmel feuerten.

Pamm! Pamm! Pamm! Pamm!

Nach fast fünfzig Jahren kann ich mich immer noch sehr gut daran erinnern, wie laut, wie scharf und wütend diese kurzen, hastig abgegebenen Salven aus einer Vierling-

Luftabwehrkanone waren, die man auf dem Dach eines unserem Haus gegenüberliegenden Kaufhauses montiert hatte. Angst war es gewesen, die ich ständig fühlte. Und, diese alarmierende Stimme aus den Lautsprechern, dieser bedrohliche Krach von Kanonensalven werden mich immer begleiten.

Manchmal dachte ich darüber nach, ob die US-Bomberpiloten uns von oben sehen könnten. In Erinnerung an die tödlichen Erfahrungen des noch nicht so lange zu Ende gegangen Krieges gegen die Franzosen dachte man, sie würden alles sehen und darauf schießen, was weiß ist und sich bewegt. Man zog sich daher fast nur dunkel an, in dem naiven Glauben, dies wäre eine gute Tarnung. Hosen, fast ohne Ausnahme, waren bei Frauen von damals sowieso nur schwarz, und bei Männern, wenn nicht dunkelblau, oder militärgrün, dann braun. Helle Oberteile versuchte man mit etwas Dunklem zu färben. Man entwickelte sogar eine Technik, ein weißes Hemd grau zu verfärben, indem man es in eine Lösung chinesischer schwarzer Tinten tauchte. Wer von uns konnte schon ahnen, wie kindlich und lächerlich all das gegen die moderne elektronische Technik der US Air Force gewesen war.

Ob auf dem Weg zur Schule oder auf einem Spielplatz mussten Kinder meist breite selbstgebastelte Sombrero ähnliche Hüte aus Reisstroh mitschleppen, die so groß und schwer waren, dass man sie lieber auf dem Rücken trug, als sie auf dem Kopf zu balancieren. Immerhin hatten sie das Leben vieler vietnamesischer Kinder vor diesen unheimlich heimtückischen, sogenannten *„Kugel-"* oder *„Ananas-"* Bomben der Amerikaner mehr oder weniger erfolgreich gerettet. Eine Bombe dieser Art sah zwar in Form und Farbe tatsächlich harmlos wie eine Ananas aus, enthielt aber Dutzende, ja Hunderte kleiner Kügelchen aus Metall oder Plastik, die bei der Detonation in den Körper des Opfers eindringen und entweder es gleich töten, oder schmerzhaft durch sein Leben begleiten würden. Gegen direkte Detonation einer Bombe hätten Reisstrohhütte natürlich keine Chance, sie konnten Kinder aber vor Bombensplittern und solchen Kügelchen gewissermaßen auch schützen.

Was mich bis heute sehr wundert, ist, dass man kaum etwas über die Zeit der Evakuierungen erzählt. Warum eigentlich? Es geht nicht um Nostalgie oder ähnliches. Es war eine der großartigsten Meisterleistungen in logistischer wie organisatorischer Hinsicht, die man während dieser Zeit vollbracht hat, in der sich die US Air Force (USAF) nach Kräften bemühte, Nordvietnam in die Steinzeit zurück zu bomben. Diese Bemühungen der USAF hatten immerhin acht Jahre lang, von 1965 bis 1973, gedauert. Ob Nordvietnam tatsächlich zurück in der Steinzeit angelangt war, darüber lässt sich noch streiten. Das Leben der Menschen in Nordvietnam wurde dadurch aber gewiss total durcheinandergebracht. Die meisten Schulen, Institute, Universitäten, Ministerien, Fabriken wurden verkleinert, reorganisiert, aus den Städten evakuiert und auf das ganze Land verteilt.

Ich wusste nicht, ob die ländliche Bevölkerung auf irgendeine Weise dazu gezwungen wurde, uns als Städter bei sich in ihren Dörfern und Häusern aufzunehmen. Aber als meine Oberschule 1965 nach Phu Dong, einem Dorf bei Hanoi, evakuiert wurde, kann ich mich sehr gut daran erinnern, wurden wir Schüler einfach verteilt und in den Häusern von Bauern im Dorf untergebracht. Bauern haben uns wie ihre eigenen Kinder aufgenommen, uns geholfen so gut wie sie konnten, mit uns buchstäblich fast alles geteilt, was das primitive ländliche Leben in Vietnam von damals zu bieten hatte, kostenlos oder gegen nicht nennenswerte Gegenleistungen. Genauso war es auch bei meinen Eltern und Geschwistern sowie bei vielen Tausend anderen aus Hanoi ins Land evakuierten Familien. Wenn all das unter irgendwelchem Zwang stattgefunden hätte, wäre es kaum vorstellbar, dass solch ein Zusammenhalt zwischen Menschen lange Jahre hätte dauern können. Aber ist es nicht immer so gewesen? In jeder Nation, in jedem Land, schweißen die Gefahren des Krieges oder der Naturkatastrophen, die Nähe des Todes, die Nöte und auch die Angst, Menschen immer zusammen.

Das Dorf Phu Dong, wohin unsere Oberschule evakuiert wurde, liegt direkt am Duong Fluss, der abzweigende Arm des Roten Flusses in dessen Delta. Was mir noch in Erinnerung geblieben ist, ist der sehr alte, direkt am Haupteingang des Dorfes gebaute Tempel zur Verehrung des Volkshelden und Halbgottes Thanh Giong. Einer Legende nach wurde Giongs Mutter schwanger, nachdem sie einen riesigen Fußabdruck auf ihrem Reisfeld entdeckt und versucht hatte, ihren eigenen Fuß darauf zu stellen. Giong war geboren, und im Alter von drei Jahren, als chinesische Eindringlinge aus dem Norden die Heimat der Vietnamesen bedrohten, hatte er sie allein, mit seinem Pferd aus Eisen und bewaffnet mit Bambusrohren, besiegt und zurückgeschlagen. Nach seiner Heldentat flog er mit seinem Eisenpferd in den Himmel und verschwand für immer.
Direkt vor dem Tempel ist ein Deich, der unter der Ly-Dynastie errichtet wurde. Seit fast tausend Jahren hatte man

ihn Jahr für Jahr fleißig wie die Ameisen erweitert, verlängert und befestigt, um die tiefer liegenden Felder und Dörfer gegen eine Überschwemmung zu schützen. Der Deich ist breit und man nutzte ihn wie eine Straße, die die Ortschaften längst des Flusses verbindet. Und genau hier war es, wo ich diese Abdrücke von Barfüßen schon einmal gesehen hatte! Unzählig viele, neue und alte, kleine und große, von Kindern und Erwachsenen, aufeinander liegend, nacheinander folgend, entfernten sich diese barfüßigen Abdrücke auf der Deichoberfläche unendlich in beide Richtungen des Deichs. Vielleicht wusste auch nur der heilige Thanh Giong, seit wann und woher oder wohin sie liefen, ganz gleich, ob es bitterkalt oder heiß, sonnig oder regnerisch war.

Ich war ein Stadtkind. Dort lief man selten barfuß, jeder besaß trotz all des Mangels, wenn schon nicht richtige Schuhe oder Sandalen aus Plastik (die aus Leder waren schon längst verschwunden und kaum einer kannte sie mehr), dann solch besonderes Schuhwerk, das aus abgenutzten Autoreifen angefertigt wurde und als eine Erfindung während des noch nicht so lange zu Ende gegangenen Krieges gegen die Franzosen galt. Alle Sorten von Schuhwerk waren knapp. Auf Hanoier Straßen waren damals überall, neben mobilen und kleinen *„Werkstätten"* für die

Reparatur von Fahrrädern, auch solche für die Nachbesserung von abgenutzten Sandalen, aber auch von alten Schuhen, zu finden. Ich kann mich noch erinnern, dass es am Ende der Luong-Van-Can-Straße, die zum Hoan-Kiem-See im Zentrum Hanois führt, eine Reihe von solchen *„Werkstätten"* gab, wo man ein Paar alte Lederschuhe, die vielleicht französische Fremdenlegionäre bei ihrer Evakuierung im Jahr 1954 zurückgelassen hatten, anprobieren und sich für sehr viel Geld anpassen lassen konnte. Man muss doch irgendwas an den Füßen haben. Besonders begehrt waren Schuhe aus durchsichtiger Plastik, von der Tien-Phong-Fabrik fabrizierte Sandalen, die aber nur mit besonderen Zuteilungsmarken für hochrangige Kader zu bekommen waren. Bauern und ihre Kinder in Phu Dong, wo der Volksheld und Halbgott Thanh Giong durch einen barfüßigen Fußabdruck geboren sein sollte, besaßen solche besondere Zuteilungsmarken natürlich nicht. Und erst hier, in Phu Dong, war mir bewusst geworden, dass die Bevölkerung Vietnams zu fast neunzig Prozent ländlich war und gerade diese Mehrheit auf dem Land nur sehr selten oder niemals in ihrem Leben auch nur das einfachste Schuhwerk besessen hatte.

„*I have a dream*" zu sagen wäre übertrieben, wenn nicht angeberisch. Aber auf dem Deich vor dem Thanh-Giong-Tempel, angesichts dieser bis zur Unendlichkeit laufenden barfüßigen Abdrücke, entstand in mir nun jener simple Gedanke, der schließlich entscheidend dazu beitragen sollte, warum ich später Chemiker geworden bin: Du musst Chemie studieren, Ingenieur werden, ausreichend Polymere herstellen, viele, sehr viele, Sandalen produzieren, damit alle Menschen in Vietnam auch ohne besondere Zuteilungsmarken, diese durchsichtigen, begehrten Plastiksandalen erwerben können. Angesichts der Tatsache, dass Plastikmüll heutzutage ein gefährliches Problem für die Umwelt geworden ist, kommt einem der Traum über eine massenhafte Produktion von Polymeren zur Herstellung von Plastiksandalen wahrscheinlich absurd vor. Aber es war ebenso gewesen, dass Plastiksandalen lange Zeit zu den fast unerreichbaren Wünschen der Mehrheit von Menschen in Vietnam gehört haben. Die Träume können zeitlich und geographisch eben sehr unterschiedlich sein.

Im Winter 2008, mehr als vierzig Jahre später, kam ich zurück nach Vietnam und besuchte wieder Phu Dong. Es hatte sich viel verändert. Der Duong-Fluss musste inzwischen schon eine Unmenge an Wasser aus dem Roten Fluss an dem Dorf

Phu Dong vorbeigebracht haben. Ich erkannte nichts mehr. Die Straße auf dem Deich war auch schon asphaltiert worden, darauf konnten jetzt sogar kleine Pkws fahren. Der Thanh-Giong-Tempel war zum Teil restauriert und wieder der Verwaltung von Mönchen unterstellt worden. Nur der schöne Banyanbaum und ein großer Steinblock, der wahrscheinlich seit Ewigkeiten direkt unter dem Baum lag, waren zu meiner großen Freude noch da. Hier, vor dem Tor des Tempels, hatte ich damals oft meine Freizeit verbracht, allein oder mit Freunden.

Unterwegs erwischte ich mich oft dabei, schnell auf die Füße der Leute zu blicken. Wie in Hanoi, so läuft auch heute in Phu Dong kein Mensch mehr barfuß. Man trägt Schuhe oder Sandalen, bloß nicht mehr die aus alten Autoreifen oder aus durchsichtigem Plastik. Ich glaube zwar nicht, dass Bata, Nike, Adidas … es schon geschafft haben, überall in Vietnam Fuß zu fassen, um den armen Bauern im Norden wie im Süden preiswertes Schuhwerk anzubieten. Ihr Siegeszug ist jedoch nicht zu leugnen. (Schließlich musste sogar die EU-Maßnahmen ergreifen, um zu verhindern, dass billiges Schuhwerk aus Vietnam den europäischen Markt überschwemmt). Und, während dieses Siegeszuges erzeugten sie, unter anderem, eine Armee von zahlreichen Schuhputzern – eine Armee, die einst Armut und

Erniedrigung der Nation symbolisierte und in einem sozialistischen, von den Fremdherrschaften befreiten Land hätte eigentlich nicht mehr existieren dürfen.

Sie, diese einst so begehrten Plastiksandalen, habe ich erst während einer Sonderausstellung über die sogenannte „Zeit der Subvention" im Museum für Ethnologie in Hanoi wiedergesehen. Alt, vergilbt, einsam, verlassen, armselig und nutzlos lagen sie in einer Vitrine. Darunter stand: *„Plastiksandalen der Marke Tien Phong waren rationiert. Für einfache Kader und die werktätige Bevölkerung war es schwer, sie zu erwerben."* Ob es Absicht gewesen war, war schwer zu beurteilen, aber das Paar Sandalen lag in der Vitrine neben einer blonden Puppe sowjetischer Produktion. Gleich daneben war ein anderer hoher Glasschrank, in dem ein alter DDR-Anorak ausgestellt wurde. Im Hintergrund war eine nachgebaute Musterwohnung zu sehen, deren Wand an der Vorderseite offen war, so dass die Museumsbesucher hineinschauen konnten; alte Möbel, ein paar alte Bücher, ein Radioempfänger, ein Fahrrad.

Alle diese Gegenstände, die alten, vergilbten Sandalen, der abgetragene Anorak, die komisch aussehende Puppe sowie die Wohnung mit all den darin ausgestellten Sachen waren unsere Träume; gewollt oder gezwungen, symbolisierten, widerspiegelten, prägten und beherrschten sie damals die

Vorstellungen von Glück und Erfolg, die Generationen von Nordvietnamesen nach 1945 gehegt hatten, in einem seltsamen Gesellschaftsmodell, das allmählich in Vergessenheit geraten ist.

Nun gehören sie alle dem Museum.

Von Phu Dong (Tempel) nach Rostock (Universität), barfuß

Die Universität im Wald

Es ist schwer, gleich zu sagen, was genau in Todtmoos, einem Kurort im tiefen Südschwarzwald, der sich nicht sehr weit vom Dreiländereck Frankreich-Deutschland-Schweiz befindet, mich an einen kleinen Ort erinnerte, der sehr weit, fast eine halbe Weltreise von Todtmoos entfernt, in Nordvietnam liegt. Das war Dai Tu, jener Ort, zu dem die Universität Hanoi, samt allen ihren Fakultäten wegen des in den Jahren 1965-70 immer heftiger gewordenen Bombardements der Stadt Hanoi durch die US-Luftwaffe evakuiert worden war. Ich fand es merkwürdig, weil sich zwischen Dai Tu dort und Todtmoos hier nicht nur eine große Entfernung, sondern auch ein großer Zeitraum von knapp fünfzig Jahren meines Lebens erstreckt.

Die Landschaft war es bestimmt nicht, die mich in Todtmoos an Dai Tu erinnerte.

Todtmoos liegt zwar auch im Wald, aber in Europas Wald, wo jede Ecke, jeder Weg, jedes Bächlein oder Fließ genau und sorgfältig vermessen, gekennzeichnet, dokumentiert, beschildert und bestimmt schon amtlich besiegelt, und mit solchen lustigen Namen, wie Herrenkopfweg, Schweineweg oder Sägebach auf einer Karte für Kurgäste bezeichnet wird. Im Wald werden wahrscheinlich noch Spuren von legendären germanischen Stämmen bewahrt, die sich vor langer Zeit während ihrer Wanderung nach Süden hier im Wald verirrt hatten, oder womöglich sogar Spuren von Thomas Mann oder Maxim Gorki, die viele Jahre später, zwar nicht gerade in Todtmoos, aber irgendwo in der Nähe, wie man uns erzählte, ihre Freizeit verbracht haben sollen. In meiner Erinnerung war Dai Tu damals landschaftlich, aber völlig anders. Die Landfläche, auf der sich die Fakultät für Chemie der Hanoier Universität für fast vier Jahre niedergelassen hatte, erstreckte sich am östlichen Auslauf der Tam-Dao-Gebirge, beinahe eingekesselt zwischen Bergen, Hügeln und Wäldern an der Rückseite und einem Wildbach an der Vorderseite. Die Entfernung bis zur Hauptstadt Hanoi, die nur circa siebzig Kilometer betrug, wäre aus heutiger Sicht wahrscheinlich nur ein Katzensprung. Sie schien uns damals allerdings schon so weit entfernt zu sein, als ob wir uns bereits im Urwald, völlig abgekoppelt von der zivilisierten Außenwelt, befänden. Um uns im Wald zu bewegen, mussten wir tatsächlich nicht selten selbst Wege mit Mühe durch fast undurchdringliches Dickicht freimachen. Damals hatten wir, nicht wie Kurgäste hier in Todtmoos, keine amtliche Karte, nach der wir uns halbwegs orientieren konnten.

Das Wetter war gewiss auch nicht das, was diese zwei Orte miteinander in Verbindung bringen konnte.

In Todtmoos war das von mir in diesem Januar erlebte Wetter ja sehr „*weiblich*", also unbeständig, unberechenbar, aber schön. Es schneite, zwar nicht so oft, manchmal aber dafür stark, so stark, dass es aus dem Fenster meines Zimmers der Kurklinik Wehrawald, die hoch auf einem Berg lag, fast so aussah, als ob ein weißer Vorhang vom Himmel runtergezogen worden wäre. Und dann hörte es plötzlich auf zu schneien. Es wurde oft sogar wieder schnell sonnig, als ob der Winter kurz kokettieren wollte, und täte das alles nur, um die Männer vom Winterdienst zu ärgern, die vielleicht vor wenigen Stunden gerade schlangenförmige, stark verschneite bergige Straßen sowie Wald- und Fußwege mit ihren wendigen gelben Fahrzeugen aufgeräumt hatten, und sich nun wieder beeilen mussten, um sie erneut freizumachen. Besonders schön war jedoch der Nebel. Morgens, von oben herab, konnte man oft beobachten, wie Nebel, wie ein riesiges, weißes Tuch aussah, das auf dem im Tal vor der Klinik vorbeifließenden Fluss elegant schwebte, bevor der Wind, unerwartet aus seinem Versteck irgendwo im Wald kam, das weiße Tuch zerstörte und schnell verschwinden ließ.

Und das Wetter in Dai Tu?

Zugegeben, ich kann mich nicht mehr genau erinnern, wie das Wetter in Dai Tu normalerweise war. Vielleicht bemerkte man es nicht, als man noch jung war oder genauer: Man interessierte sich nicht dafür. Es war eigentlich ziemlich egal, wie das Wetter war. Aber in Dai Tu schneit es definitiv nicht. Damals haben wir, eben noch sehr junge Studenten, im Tal eines kleinen Baches selbst provisorische Baracken aus Holz und Bambus aufgebaut, nicht sehr tief im Wald aber unter dichten Kronen von Bäumen versteckt. Obwohl es keinen Schnee gab, war es manchmal auch sehr kalt. Meistens müsste es aber sehr warm gewesen sein, eine Wärme, die durch hohe Feuchtigkeit in einem fast tropischen Wald umso bedrückender war. (Es war wahrscheinlich deswegen nicht verwunderlich, dass ich mich, als ich viele Jahre später das berühmte Tropenhaus im Berliner Botanischen Garten besuchte, fast so fühlte, als ob ich zurück in die Studentenzeit gekommen wäre). Der Bach war nicht so tief, ist dennoch in meiner Erinnerung viel tiefer geblieben. Aus irgendwelchen Quellen im Wald, die vielleicht aus der Tiefe der Erde irgendwo ganz oben auf dem Berg in die Welt heraussprudeln, kam er, sammelte allmählich seine Kräfte durch schlangenartige Windungen im Tal und freundlich rauschend floss er tags und nachts an meinem Fenster vorbei, das in die dünne Rückwand unserer Bambusbaracke geschnitten worden war. Morgens, ganz früh, pflegte auch ein dünner weißer Dunst über dem Bach zu schweben, der sich zwischen den Bäumen leise hindurchschlängelte und dadurch den schon so für die Augen undurchdringlichen Wald für eine kurze Weile noch undurchdringlicher machte. Klar, kühl und erfrischend war das Wasser im Bach, solange es nicht regnete. Denn wenn es regnete, wurde der sonst so kleine und friedliche Bach plötzlich voll von Wasser, das von oben rasant, wütend, polternd herunter brauste und drohte, alles hinwegzufegen, was ihm im Weg stand.

Ich weiß es nicht, ob es eine allgemeine Regel sein kann, dass wenn man sich in einem Tal befindet, wo Berge und Bäume ringsum sind und der Fernblick dadurch behindert wird, man oft unbewusst nach oben, in den Himmel, schaut. Nicht nur nachts, um sich anhand von Sternen zu orientieren, sondern auch am helllichten Tag. Als ob man da oben etwas suchen möchte, wodurch man sich sicherer fühlen könnte. In der Tat, hier wie dort hatte ich oft nach oben geschaut. Und dabei fiel mir auf, dass es, so merkwürdig es auch sein mag, eben der Himmel war, der mich bei Spaziergängen in den Wäldern um Todtmoos an diesen kleinen Ort im Norden Vietnams erinnerte. Nicht, weil der Himmel hier wie dort auch endlos blau, und auch oft wolkenlos ist, sondern, weil Flugzeuge, die da im Himmel täglich irgendwohin flogen, lange, weiße, kreuz und quer, ganz hoch oben, allmählich in Luft aufgelöste Spuren hinterließen. Nur, am Himmel von Todtmoos wirkten die Maschinen friedlich. Damals aber, am Himmel von Dai Tu, waren es keine friedlichen Maschinen, sondern Kampfjets der US Air Force, die in Richtung Hanoi oder Haiphong flogen, um dort ihre Bomben abzuwerfen. Wie konnte ich damals nur ahnen, dass diese langen, aber vergänglichen weißen Spuren von voll mit Tod beladenen Düsenflugzeugen der USAF sich so tief in mein Gedächtnis ritzen würden.

Es war das Jahr 1966.

Aus allen Ecken Nordvietnams kamen junge Frauen und Männer hierher. Damals herrschte im Land ein anderes Schulsystem als heute. Man musste zwar für den Abschluss der 10. Klasse der Oberschule harte Prüfungen ablegen, für die Aufnahme an den Universitäten oder Fachhochschulen aber nicht. Man wurde von einer sogenannten *„Abteilung für Auswahl von Studierenden"* des ehemaligen Ministeriums für Hochschulwesen einfach dafür bestimmt. Diese übermächtige Abteilung verfügte über die Macht zu bestimmen, wer, wenn überhaupt, unter den Absolventen von Oberschulen im ganzen Norden Vietnams, wo und was studieren sollte oder durfte.

Mein Abschluss der Oberschule war zwar gut, ich musste aber auch Glück gehabt haben, dass mein Vater ein bekannter, hochgeachteter Wissenschaftler war, um an der Hanoier Universität studieren zu dürfen. Kinder von Akademikern bildeten damals jedoch nur eine Minderheit unter den Studierenden. Ein großer Anteil von damaligen Studenten der Hanoier Universität waren Kinder von Arbeitern, Handwerkern oder Bauern. Manche Studenten kamen aus großen Städten, manche vom Land, aber auch einige Angehörige von Minderheitsvölkern aus dem Hochland. Es gab unter uns ebenfalls Kinder ehemaliger Viet-Minh[2]-Widerstandskämpfer aus verschiedenen Gebieten des Südens, die entsprechend dem Genfer Abkommen vom 21. Juli 1954 in den Norden abgezogen werden mussten. Bevor sie hierher zum Studium kamen, wurden sie meistens in speziellen, nur für sie eingerichteten Schulen unterrichtet. Teils nach ihren eigenen Leistungen, teils entsprechend dem Rang ihrer Eltern in der damals

---

[2] Die Viet Minh (die Abkürzung für Việt Nam Độc Lập Đồng Minh Hội, „Liga für die Unabhängigkeit Vietnams"), wurde 1941 aus nationalistischen und kommunistischen Gruppierungen unter der Führung von Ho Chi Minh gegründet. Als im August 1945 durch Ho Chi Minh die Unabhängigkeit Vietnams erklärt wurde, hat die Viet Minh die erste Regierung der Demokratischen Republik Vietnam (DRV) zusammengestellt.

regierenden Partei der Werktätigen Vietnams (PdWV)[3] oder in der Regierung, wurden sie vom sogenannten Komitee für Wiedervereinigung[4] entweder in die UdSSR, nach China, in verschiedene Ostblockländer oder an inländische Unis zum Studium entsandt. Es gab darüber hinaus unter den Studierenden sogar eine kleine Gruppe von Unteroffizieren der Armee und einige Mitarbeiter des Innenministeriums, die zur Ausbildung zu uns abkommandiert worden waren und die später bei ihren beruflichen Tätigkeiten direkt oder indirekt mit Chemie zu tun haben sollten, wie behauptet wurde. Die meisten von ihnen waren nett und freundlich. Sie hätten aber lieber mit allem anderen zu tun gehabt, als sich mit chemischen Reaktionsgleichungen oder mit der Lösung einfachster Differenzialgleichungen zu beschäftigen. Ob sie später, nach dem Studium, wirklich für Kämpfe im Süden eingesetzt wurden, ist mir nicht bekannt. Ich habe nur

---

[3] Seit 1951 war die PdWV die Nachfolgerin der 1930 von Ho Chi Minh und seinen Genossen gegründeten Kommunistische Partei Indochinas. Die PdWV war die führende Partei in der Demokratischen Republik Vietnams gewesen. 1976 wurde die PdWV nach der Wiedervereinigung Vietnams in Kommunistische Partei Vietnams (KPV) umbenannt. Seitdem ist die KPV laut der Verfassung die alleinherrschende Partei in Vietnam. Wenn in Vietnam also von „der Partei" die Rede ist, geht es ausschließlich um die KPV.
[4] „Uy Ban Thong nhat", gegründet für die Betreuung von aus dem Süden abgezogenen Widerstandskämpfern und ihren Angehörigen

erfahren, dass manche von ihnen sogar bis in den Generalsrang befördert wurden.

Die Besonderheit meiner Studienjahre bestand vielleicht aber auch noch darin, dass viele von unseren Kommilitonen aus China zurückgekehrt waren. (Unter ihnen waren auch, wie oben erwähnt, Kinder von ehemaligen Widerstandskämpfern aus dem Süden.) Sie wurden eigentlich zum Studium dorthin delegiert. Im Sommer 1966 sollte die *„Große Proletarische Kulturrevolution"* in China aber ihren neuen Höhepunkt erreichen und die chinesischen Universitäten ihre eigentlichen Arbeiten vollständig eingestellt haben. Man erklärte offiziell, die vietnamesische Regierung hätte ihre Studenten deswegen nach Hause zurückgeholt, weil sie die chinesischen Genossen, die mit ihren kulturrevolutionären Aufgaben schon so sehr beschäftigt waren, nicht noch zusätzlich belasten wollte. Hinter vorgehaltener Hand redete man aber darüber, dass man wohl eine andere Vorstellung über Kulturrevolution hätte, als der Vorsitzende Mao und die Gefahr vermeiden wollte, dass junge vietnamesische Studenten die brutale Vorgehensweise ihrer chinesischen Kommilitonen als Rotgardisten irgendwann doch noch nachahmen würden.

Würde man heutzutage die Tatsache in Betracht ziehen, dass die Machthaber in Hanoi fast immer ihre chinesischen

Genossen nachahmten, wäre dies eine wirklich seltsame Entscheidung gewesen.

Wir wurden im ersten Jahr als Neulinge zunächst bei den Bauern in einem in der Nähe liegenden Dorf untergebracht. Und damit fing es an, das Studentenleben dieser Zeit, das neben obligatorischen Vorlesungen auch noch aus unzähligen zu erledigenden, körperlichen Arbeiten bestand. Aus heutiger Sicht ist es schwer vorstellbar, welche Arbeit wir, damalige Studentinnen und Studenten sowie Lehrkörper, geleistet haben, um den Studienbetrieb in gewissem Maße „*normal*" zu halten. Wir haben selber, mit unseren eigenen Händen, zunächst Hörsäle, Labors, die Bibliothek, die Gemeinschaftsküche, dann Baracken für uns selbst zum Wohnen gebaut. Alle Bauwerke, die wir damals geschaffen haben, waren aus Bambus und Holz, geschlagen gleich aus dem direkt nebenan liegenden Wald. Manchmal mussten wir aber noch viel weiter, über Berge und durch Wälder laufen, um die richtigen Materialien zu finden. Bücher und durch Mimeographie[5] vervielfältigte Lehrbücher, sowie Geräte, Ausrüstungen, Chemikalien wurden nach und nach mit allen damals vorhandenen Transportmitteln aus

---

[5] Ein Siebdruckverfahren siehe de.wikipedia.org/wiki/Mimeographie

Hanoi dort hingeschleppt. Um fließendes Wasser für das Chemielabor zu haben, kann ich mich noch sehr gut erinnern, haben wir zwei von US-Kampfjets weggeworfene Zusatztanks als Reservoir hochgestellt und Wasser aus einem Brunnen mit einer Handpumpe hinein befördert. Und von da oben floss nun Wasser nach *„thermodynamischen Regeln"* hinunter in unsere Labors, wo wir ernsthaft versuchten, die Grundlagen der Chemie zu erlernen.

Darüber, ob wir damals wissenshungrig waren, was ja allgemein als Garant für ein erfolgreiches Studium gilt, lässt sich vielleicht noch streiten. Aber zu behaupten, dass wir, insbesondere in den ersten zwei Jahren, stets hungrig waren, wäre bestimmt keine zu große Übertreibung. Vieles von damals habe ich im Laufe der Zeit vergessen, nur nicht den tierischen, ständig quälenden und erniedrigen Hunger. Wir waren heranwachsende junge Frauen und Männer, unsere Körper verlangten nach Fleisch, nach Milch. Mit Lebensmittelkarten erhielten wir monatlich pro Kopf aber nur miserable Portionen von Reis, Fleisch, Zucker, Fischsoße und Zigaretten. Diese bedauernswerten Portionen wurden unterwegs zu uns noch mehrmals, da ein Stück, dort ein Krümel, von korrupten Mitarbeitern eines riesigen Verwaltungsapparats geklaut. Jeder von uns erhielt ein winziges Stipendium, mit dem wir im Wald, abgesehen von einem in der Nähe liegenden Dorfmarkt, fast nichts anfangen konnten. Ich weiß nicht mehr, was haben wir bloß nicht alles gegessen, um den Hunger zu stillen: Maniok, Süßkartoffeln, sowohl frisches als auch vergammeltes Fleisch, Hühner …. (Meine Mutter hatte wahrscheinlich recht, dass die wahre Ursache meiner Magenschmerzen in dieser wahllosen Pantophagie von damals liegt). Aus Maniok, der wegen seiner stärkehaltigen Wurzelknollen viel in den Hochland- und Berggebieten angebaut wird, konnten wir zwar eine ganze Menge Essbares machen. Es fehlten aber Eiweiß, Proteine. Hattest du gerade deinen Magen mit allen Arten von gekochtem Maniok vollgestopft, bis zu einem Zustand, in dem es dir nur tierisch wehtat, egal ob du zu sitzen, zu liegen oder zu stehen versuchtest, hattest du nach ein paar Stunden, insbesondere in der Nacht, schon wieder Hunger, gegen den du keine Möglichkeiten mehr hattest. Pure Quälerei war das! Die Situation wurde dann ein wenig besser, nachdem wir die Versorgung zum Teil selbst in die Hand genommen und eine Gemeinschaftsküche eingerichtet, Gemüse selbst angebaut, Hühner und Gänse selbst gezüchtet, eine Weile sogar noch ein paar Rinder gehalten hatten. Selbstversorgung also! Später, als ich schon in Deutschland war, konnte ich mir den Film *„Papillon"* vom Franklin J. Schaffner mit Steve McQueen und Dustin Hoffman in den Hauptrollen ansehen.

Bei den letzten Szenen, in denen gezeigt wurde, wie Häftlinge auf einer Insel Schweine hielten und Gemüse anbauten, konnte ich die bitteren Gedanken nicht loswerden, dass man diese Szenen aus meinen damaligen Leben als Universitätsstudent und später als Hochschuldozent kopiert hatte.

Es ist mir nicht bekannt, ob je über die sogenannte Selbstversorgungsbewegung in Vietnam berichtet wurde. Das war eine Bewegung, die, wie man behauptete, ursprünglich vom Präsidenten Ho Chi Minh schon gleich in den ersten Jahren der Republik persönlich initiiert worden war, und die allmählich unser Leben, besonders während der Kriege, aber auch noch bis zum Anfang 90er Jahre sehr stark beeinflusst hatte. Man braucht sich nur an die Jahre zu erinnern, als Fische oder Schweine sogar in den Hochhäusern von Hanoi und Saigon, auch in den Wohnungen von Professoren, gehalten und gezüchtet worden sind!

Ich bezweifle, dass man sich darüber im Klaren war, wie erniedrigend das alles für die Menschen gewesen ist und wieviel Zeit und sowohl körperliche als auch geistige Kraft damit vergeudet wurde.

Eine Geschichte von damals war dramatisch und hat mich für lange Zeit besonders stark und tief erschüttert.

In den ersten Monaten an der Uni teilte ich mit Hoi, einem aus dem Süden gekommenen Kommilitonen, eine Baracke. Er war still und unauffällig. Wir waren zwar noch nicht eng befreundet, das Leben in einer Baracke brachte uns aber auch langsam näher. Selber sprach Hoi zwar nie darüber, ich habe aber von Quan, einem anderen Kommilitonen und Hois Landsmann aus Quang Tri, erfahren, er sei ein Waisenkind gewesen, seine Eltern im Süden waren vor noch nicht so langer Zeit für gefallen erklärt worden. Eines Tages musste Hoi für mehrere Tage in der nicht weit von uns eingerichteten Krankenstation der Uni untergebracht werden. Das war auch nichts Ungewöhnliches, weil Hoi, der arme Kerl, oft krank war. Ungewöhnlich war aber, dass Hoi diesmal einen Tag vor seiner Entlassung aus der Krankenstation Quan und mir mitteilen ließ, wir sollten ihn bitte besuchen kommen. Als wir kamen, hatte Hoi seine ganze monatliche Zuckerportion von 125 Gramm in gekochtem und kühl gestelltem Wasser aufgelöst und wir haben es den ganzen Abend zu dritt wie eins der besten Getränke getrunken.

Am nächsten Tag wurde uns mitgeteilt, Hoi habe sich in der Nacht erhängt. Die kleine Zuckerlösungs-Party vom Abend zuvor war sein schweigender Abschied gewesen. Man soll bei ihm angeblich unheilbare Tuberkulose diagnostiziert haben, eine fatale und tödliche Diagnose, die später jedoch Ärzte aus Hanoi als falsch befunden hatten.

Das Leben von Studenten war und ist überall schon immer hart. Aber das, was wir damals durchmachen und erleben mussten, war vielleicht schon, ohne Übertreibung, außergewöhnlich. Dies heißt aber auch nicht, dass wir keinen Spaß gehabt hätten. Neben Studium und anderen mehr oder weniger erzwungenen Beschäftigungen haben wir auch Sport getrieben, Volleyball, Basketball gespielt. Dafür brauchte man keine allzu großen Plätze. Zum Fußballspielen war es schon schwieriger, weil es drumherum nur Hügel und Berge gab; es wurde gelegentlich trotzdem gespielt, auch wenn die zwei Torwarte sich nicht sehen konnten. Wir hatten sogar eine kleine, sogenannte Kulturgruppe gegründet, die es während unseres Lebens im Dschungel neben der Verantwortung für das Herausgeben von nicht uninteressanten Wandzeitungen sogar noch geschafft hat, einige Theaterstücke zu inszenieren, über Heldentaten der südvietnamesischen Bevölkerung im Kampf gegen amerikanische GIs, aber auch über die lächerliche und zu bekämpfende Polygamie, die damals in manchen ländlichen Regionen in Nordvietnam noch üblich gewesen war. (Viele meiner Kommilitoninnen und Kommilitonen, genauso wie ich, werden sich bestimmt mit einem Schmunzeln daran erinnern, wie ich, als Frau verkleidet, in so einem Stück eine neue, junge Frau eines Bauers gespielt hatte, die von seiner älteren Frau über die Bühne gejagt wurde). Leidenschaftlich geleitet wurde die Gruppe von Linh, einer jungen, hübschen und zarten, mehr für die Kunst als für langweilige Chemieformeln bestimmten Frau.

Mit ihr hatte ich ein kleines Erlebnis, das vielleicht ein wenig mehr über unser Leben damals aussagen kann.

Ich weiß nicht mehr, wann genau es war, ich kann mich nur daran erinnern, dass Linh eines Tages schwer krank wurde. Und, weil man in der bescheidenen Krankenstation der Uni keine Möglichkeiten mehr sah, ihr zu helfen, habe ich als Gruppenleiter die Aufgabe erhalten, sie zu ihren Eltern nach Hanoi zu begleiten. Die Entfernung von unserem Standort bis zum Bahnhof Quan-Trieu bei Thai-Nguyen-Stadt war zwar nur ca. 30 km, für damalige Verhältnisse aber schon sehr weit. Als ich mit aller Mühe mit Linh auf dem Hintersitz eines geliehenen Fahrrads den Bahnhof erreichte, war es schon spätabends. Es war dunkel, bitterkalt und es war auch klar, dass wir fast die ganze Nacht auf den Zug nach Hanoi würden warten müssen. Auf dem Gelände des sogenannten Bahnhofs stand nichts anderes als eine wahrscheinlich seit langer Zeit herrenlose, verlassene Bambushütte. Wir hatten uns entschieden, in einer Ecke Platz zu nehmen, damit die kranke Linh sich vor dem kalten Wind verstecken konnte. Wir hatten nur einen Regenmantel aus Plastik, mit dem ich Linh regelrecht umwickelt hatte, wohl hoffend, es würde ihr wärmer. Sie merkte aber gleich, dass es mir ebenfalls kalt war. Sie öffnete den Regenmantel und sagte leise „*Setze Dich neben mich!*" Ich setzte mich neben sie und umarmte sie, versuchte, uns beide zu wärmen.

Es lässt sich jetzt so leicht erzählen! Heutzutage kann man, sogar auch in Vietnam, vermutlich nicht nachvollziehen, was für ein uraltes gesellschaftliches Tabu wir beide damit gebrochen hatten. In der Öffentlichkeit durften sich Frauen und Männer nämlich damals körperlich nicht einmal kurz berühren, noch nicht mal Ehepaare, geschweige denn sich umarmen. So einen Verstoß gegen diese konfuzianische Verhaltensregel konnte, falls man dabei ertappt würde, in einer selbst als progressiv erklärten sozialistischen Gesellschaft, wie der unseren von damals, sehr unangenehme Konsequenzen mit sich bringen. Die Kälte war aber einfach stärker als jegliche sozialistisch-moralischen Vorbehalte! Trotzdem hatte uns das nicht viel geholfen. Auch wenn sie eine Wattejacke anhatte, konnte Linh doch nicht aufhören, mit dem ganzen Körper zu zittern. Ich zog dann eine Streichholzschachtel aus meiner Hosentasche und versuchte, mit Papier aus meinem kleinen Notizbuch Feuer zu machen. Es war genial, aber die warme Freude dauerte nicht lange. Und, um das kleine Feuer zu halten, hatte ich nach kurzer Überlegung Bambusstreifen, Stück für Stück aus der dünnen Wand der Bambushütte herausgerissen und sie langsam, nach und nach ins Feuer gesteckt. Offensichtlich wurde es Linh langsam wärmer, ihr Körper hörte auf, zu zittern. Sie legte ihren Kopf vertrauensvoll an meine Schulter und schlief ein. Ich versuchte, stillzuhalten und dachte die ganze Zeit an *„Das kleine Mädchen mit den Schwefelhölzern"* von Hans Christian Andersen.

Am nächsten Morgen kam, zusammen mit dem neuen Tag, endlich auch ein Zug. In der Morgendämmerung konnte ich allmählich sehen, was ich angestellt hatte: Die Wände der Bambushütte aus Bambusstreifen waren fast völlig zerstört. Sie stand da wie ein nacktes Skelett eines bis aufs Hemd ausgeraubten Wanderers. Das Feuer war zwar ausgegangen, die Asche aber noch warm.

Die Welt war schon geteilt worden, in den Osten und den Westen, als meine Generation zur Welt kam. Als wir alt genug waren, um zur Schule zu gehen, wurde dann das Land geteilt, in den Norden und den Süden. Wir wuchsen mit diesen Teilungen heran, zwei Ideologien, zwei

Anschauungen, zwei Weisen zu denken. Dazu kam der Krieg, der unbedingt als Kampf der Klassen, der Ideologien und als nichts anderes zu interpretieren war. Dies beherrschte unser Leben von damals, in jeder materialistischen sowie geistigen Hinsicht, auch im Studium der Chemie. Unsere Dozenten kamen meistens aus der Sowjetunion zurück. Sie (und durch sie auch wir) waren lange Zeit, zu lange, davon überzeugt, dass die besten Chemiker der Welt sowjetische seien: Semjonow, Nekrassow, Balandin, Reutow ... – oder russische aus früheren Zeiten: Lomonossow, Mendelejew, Markownikow .... Daher lernten wir ausschließlich ihre Werke kennen. Die Familie Curie galt als *„progressiv"*, daher durfte man über ihre wissenschaftlichen Verdienste noch etwas erfahren; über Linus Pauling, der 1954 den Nobelpreis für Chemie und 1962 den Friedensnobelpreis erhalten hatte, wussten wir in der Zeit schon nichts. (Damals war es erst nur ein Verdacht. Heutzutage müsste man sich wahrscheinlich fragen, woher jemand die unglaublich lächerliche und freche Anmaßung hatte, zu entscheiden, wer auf dieser Welt *„progressiv"* sei und wer nicht). Die seltenen Lehrbücher und Nachschlagwerke, die uns zur Verfügung standen, waren alle russisch, oder aus dem Russischen übersetzt; Chemikalien, Geräte, kleine wie große, stammten aus Moskau, Leningrad, Kuybischew, Novosibirsk …

Dies soll aber nicht heißen, dass bei uns damals, wie in der DDR auch „*von der Sowjetunion lernen, heißt siegen lernen*" galt. In der regierenden PdWV gewannen China-Anhänger in einem heftigen, seit Jahren dauernden, internen Kampf gegen ihre Pro-Sowjet-Genossen die Oberhand. In den 60er und 70er Jahren, nach der Kubakrise sowie nach dem Grenzkrieg zwischen der Sowjetunion und China, galt plötzlich die Sowjetunion, mitsamt aller ihrer osteuropäischen Verbündeten und der Mongolei, mit Ausnahme Albaniens, als revisionistisch. Sie wurden beschuldigt, die revolutionären Thesen von Marx und Lenin Schritt für Schritt zu revidieren, ja, zu verraten. Nur China, Kuba, Albanien, Nordkorea und natürlich Nordvietnam blieben marxistisch-leninistisch. Wie später bekannt wurde, sind in Hanoi mehrere pro-sowjetische Politiker und Intellektuelle, wenn nicht verhaftet, dann aber doch entmachtet oder isoliert worden.

An der Hanoier Universität wurde dieser Kampf noch von einer Kampagne innerhalb der PdWV gegen sogenannte Rechtsabweichler oder Defätisten begleitet. Einer unter den Opfern dieser Kampagne war der erste Dekan unserer Fakultät für Chemie, Professor Nguyen Hoan. Er kam zusammen mit seiner Frau im Gegensatz zu den meisten

Lehrern aus Paris. Die beiden hatten naiverweise versucht, uns in ihren Vorlesungen etwas über die Arbeiten von Chemikern aus dem Westen zu vermitteln. Er wurde später abgesetzt und zeigte sich kaum mehr in der Öffentlichkeit.

Wir hatten damals keine Radioempfänger, ganz zu schweigen von Fernsehern. Zeitungen gab es kaum und wenn doch, dann kam nur die Zeitung *„Nhan dan"* (Das Volk) der PdWV mit einer Woche Verspätung in den Evakuierungsort. Daher war die Teilung der Welt mit der fast perfekten Filterung von Nachrichten ebenfalls nahezu absolut. Woher sollten wir was über die Rolling Stones oder Bob Dylan wissen? Wie konnten wir etwas über die Beatles erfahren, trotz der berühmten Aussage *„We're more popular than Jesus now"* von John Lennon? Wir gehörten zu einer Generation, die erst viel, viel später *„Give peace a chance"* oder *„Imagine"* hören durfte und dann staunte, dass diese offiziell als dekadent deklarierten Künstler aus dem Westen auch solch wunderbare Musik machen konnten. Was wir gesungen haben, waren Kampflieder. Sowjetische Songs wie *„Podmoskovskie Vechera"* oder sogar *„Ich liebe Dich, das Leben!"* galten schon als *blaue* Musik, die melancholisch, schwermütig, depressiv klang, und daher nur mit Argwohn geduldet wurden.

45

Wir hatten auch keine Ahnung von der Fußball-WM mit dem dramatischen Wembley-Tor in London oder über die Siege vom legendären Muhammed Ali; ebenfalls auch nicht davon, dass es in der menschlichen Weltgeschichte außer dem Sputnik, der Hündin Laika, dem Kosmonauten Gagarin und dem Raumschiff Wostok auch noch den Astronauten Neil Armstrong und Apollo 11 gab.

Es war so eine Zeit, als es noch keinen Grund, keinen Vergleich, auch wenig Chancen und kaum Möglichkeiten gab, irgendwie anders denken zu können oder zu müssen. Besondere Anlässe oder andere Quellen standen gar nicht zur Verfügung, um all das anzuzweifeln, woran wir zu glauben hatten, woran wir mehr oder weniger selber wirklich glaubten, oder glauben wollten. Lien Xo – also die Sowjetunion auf Vietnamesisch – sei trotz ihres Revisionismus die Festung des Sozialismus, des Friedens, das Vorbild aller Völker, das Paradies auf Erden schlechthin; sie sei das Land, das zusammen mit China die Weltkarte rot gefärbt hatte, das den ersten Atomeisbrecher gebaut hatte, den ersten Menschen ins Weltall geschickt hatte, das Land, wo alles reicher, besser, schöner sei. Wie ein Dichter von damals meinte, sowjetische Uhren seien besser als die aus der Schweiz, und der Mond in China sei runder als der in Amerika. Der Westen, samt Amerika, Frankreich, West-

Deutschland, England, Italien, Spanien oder Holland etc., wurde mit der Welt des Kapitalismus sowie Imperialismus gleichgestellt, wo alles nur grau, krank, böse, kaputt, dekadent, verbrecherisch sein sollte. Namen wie Eisenhower, Kennedy, Johnson, Nixon, Kissinger oder McNamara verkörperten in unserem Bewusstsein von damals nur den Krieg, den Tod sowie Sklaverei, und standen im scharfen Gegensatz zu den nur Frieden, Glück sowie Wohlstand beinhaltenden Namen wie Breschnew, Fidel Castro, Mao oder Kim ... (Nikita Chruschtschow und später, Michail Gorbatschow, wurden von kommunistischen Machthabern in Hanoi anfangs immer als Hoffnungsträger bejubelt, dann aber als übelste Revisionisten bzw. Verräter der kommunistischen Bewegung verdammt). Entsprechend der gängigen Theorie von damals sollte die Weltrevolution aus drei Hauptströmungen bestanden haben, dem Sozialismus, den Nationalen Befreiungsbewegungen und der Arbeiterbewegung im kapitalistischen Westen! Und wie stolz wie sein sollten: Wir befanden uns nämlich gleichzeitig in zwei Hauptströmungen der Weltrevolution! Das machte uns zwar nicht satt, nicht wärmer oder reicher, wirkte eine Weile aber eigenartig, wie eine Droge, betäubt, benebelt, verstärkt. Über Bewegungen, wie die Hippiebewegung, mit ihrem legendären Woodstock-Festival, oder die der Studenten,

Bürgerrechtler sowie Frauen im Westen der 60er Jahre war bei uns nichts zu hören. Herbert Marcuse, Tom Hayden, Daniel Cohn-Bendit, Rudi Dutschke oder Uschi Obermaier kannten wir nicht, oder durften wir nicht kennen. Dass Studenten in Frankreich, Deutschland, Amerika gegen den Krieg in Vietnam auf die Straßen gegangen sind und *„Ho, Ho, Ho Chi Minh"* skandiert hatten, wussten wir so gut wie gar nicht. Obwohl die Frage an sich keine Bedeutung hatte, kann man sich jetzt doch fragen, ob sie damals überhaupt schon etwas über unser Leben in Vietnam wussten. Als ich später Bilder gesehen habe, wie Hippies in Höhlen oder selbst errichteten Unterkünften gewohnt haben, musste ich immer wieder lächeln. Gewisse Ähnlichkeiten waren schon da. Der Unterschied bestand wahrscheinlich eben darin, dass sie so wohnen wollten, während wir aber dazu gezwungen waren. Und wir durften keine *„Freie Liebe"* wie sie treiben, sondern neben Chemie auch noch intensiv marxistisch-leninistische Philosophie und die Lehre über die sozialistische politische Ökonomie und die über den siegreichen wissenschaftlichen Sozialismus studieren. Für ganze drei, vier Jahre lang!

Es gab für uns fast keine Chance, das Unerklärliche zu begreifen, nämlich warum sich zwei Länder wie China und die Sowjetunion, die sich stetig laut und stark als Festungen des Sozialismus und des Friedens zu präsentieren versuchten, gegenseitig, nicht nur ideologisch, sondern auch militärisch, heftig bekämpften. Genau so wenig waren wir über Ereignisse in Prag im Jahre 1968 informiert. Wir waren zwar skeptisch, besorgt, ja argwöhnisch, mussten uns damals aber schon mit der offiziellen Erklärung zufriedengeben, dass die Truppen des Warschauer Paktes in Prag einmarschiert waren, nur um den Frieden und den Sozialismus zu verteidigen. Wer von uns damals im Wald, oder in ganz Nordvietnam eigentlich, hatte schon Gelegenheit, zu sehen, wie *„friedlich"* die sowjetischen Panzer auf dem Wenzelsplatz wirklich gewesen waren, um endlich zu begreifen, dass der real-existierende Sozialismus, in den bis heute bekannten Formen, im Gegensatz zu den damaligen offiziellen Behauptungen, auf keinen Fall mit Frieden gleichzusetzen ist.

Ja, unter derartigen Bedingungen haben wir versucht, Grundlagen für den späteren Beruf als Chemiker zu gewinnen. Manche von uns sind später in der Tat Wissenschaftler, Dozenten, Professoren geworden, die da und dort sogar wichtige Führungspositionen sowie Lehrstühle innehatten. Dass wir so etwas geschafft haben, mochte damals, wie man sich immer wieder zu überzeugen versuchte, als Heldentat gelten. Die Vorstellung, dass wir trotz der Evakuierung und ihrer Folgen potenzielle

Nobelpreisträger hervorbringen könnten, war natürlich eine Selbsttäuschung. Die US Air Force konnte zwar nicht, wie ihre Generäle gern wollten, Nordvietnam aus der Luft zurück in die Steinzeit bomben. Sie hat aber unsere Studiengänge durcheinandergebracht, Stundenpläne buchstäblich bombardiert und, wie überall auf dem Land, riesige Löcher in unseren Fachkenntnissen hinterlassen. Und nicht nur in den Fachkenntnissen, sondern auch in unserem gesamten, allgemeinen Wissen!

Bestimmt werden Jahrzehnte vergehen müssen, bevor das Land alle Kriegswunden heilen kann. Früher oder später mögen Bombenlöcher auf dem Land und, wahrscheinlich auch in der menschlichen Seele, mehr oder weniger verschwunden sein. Löcher im Wissen, fachlichen wie allgemeinen, drohen aber, von Generationen zu Generationen, immer größer zu werden. Was gegenwärtig in Vietnam hinsichtlich der Bildung und der Wissenschaft praktiziert, geplant, oder diskutiert wird, lässt befürchten, dass die Erweiterung von derartigen Löchern auf allen Gebieten des Wissens immer weiter vorangeht.

Im Kurort Todtmoos sollten wir als Patienten regelmäßig Fahrradergometrie exerzieren. Ich habe beim Fahren nach den Anweisungen der Krankenschwestern im Kurort seltsamerweise stets an ein Bild gedacht, auf dem die Evolution des Menschen von einem auf allen Vieren laufenden Affen zu einem aufrecht laufenden Menschen dargestellt wird, bevor er wieder am Computertisch sitzt. Meine „*Evolution*" ist ein bisschen anders gelaufen. Ich lief erst zu Fuß, dann fuhr ich sehr, sehr lange Zeit Fahrrad. Es wurde doch behauptet, wir Vietnamesen hätten mit dem Fahrrad immerhin zwei Großmächte erledigt! Dann stieg ich nach und nach auf Moped und PKW um, bevor ich dann hier im Kurort Todtmoos wieder auf dem Fahrrad saß und fleißig in die Pedale trat. Ausgerechnet hier, in Todtmoos, einer winzigen Stadt, die mich stets an den weit entfernten, in Nordvietnam liegenden Ort erinnert, wo mein Erwachsenwerden vor sechsundvierzig Jahren anzufangen schien! Ging etwa ein persönlicher Evolutionszyklus zu Ende?

Mit diesem Gedanken saß ich beim Abendessen im vietnamesischen Restaurant „*SAPA*", das im Zentrum von Todtmoos liegt und mich bei meiner Ankunft an diesem Beinahe-Endpunkt der Welt angenehm überrascht hat. Der Besitzer des Restaurants war vor vielen Jahren als Gastarbeiter aus Nordvietnam in die DDR gekommen, nach der Wende ließ er sich aber dann hierhertreiben. Es war clever von ihm, sein Restaurant „*SAPA*" zu nennen, nach dem Namen eines Ortes, der hoch im Gebirge von Nordvietnam liegt und seit Jahren ein attraktives Ziel für Touristen aus aller Welt geworden ist. Er hat jedoch nicht begriffen, warum ich beim Essen in seinem Restaurant wieder und wieder allein, in mich hinein, schmunzeln musste. Er konnte nicht ahnen, dass es damals, vor sechsundvierzig Jahren, in der Nähe von unserem Evakuierungsort, in einer Entfernung von ungefähr zwei Stunden Fußmarsch, auch ein kleines „Restaurant" gab, das von der Familie eines jungen Kriegsinvaliden auf einem kleinen, erbärmlichen Dorfmarkt provisorisch in einer noch erbärmlicheren Strohhütte eingerichtet worden war und das immer sonntagabends geöffnet hatte. Wir verhungerten Studenten kamen ab und an in sein Restaurant und genossen seine schreckliche Nudelsuppe sogar mit Freude.

Himmel und Berge

Die Hochschule am Schwarzen Fluss

Beim Durchblättern von Internetzeitschriften, die zurzeit in Vietnam streng überwacht und gesteuert werden, stieß ich zufällig auf eine Nachricht. Ende 2012 habe eine Sondersitzung beim Ministerium für Wissenschaft und Technologie (MoST) stattgefunden, bei der ein gewisser Professor Nong Van Hai, Leiter des Instituts für Biotechnologie, sein Forschungsvorhaben präsentiert habe. Es ging um Genforschung. Der geschätzte Professor beantragte eine nicht unbedeutende Geldsumme, mit der er die besten Gene unter den vietnamesischen Genen gründlich analysieren, selektieren und dann so modifizieren würde, dass er mit jenen neuartigen Genen die vietnamesische Rasse verbessern und dadurch immer mehr hervorragende Wissenschaftler, Sportler, Künstler und so weiter erzeugen würde. Seine Pläne seien unter anderem sehr wichtig, damit Vietnam in der Zukunft eine solche Blamage wie die bei den Olympischen Sommerspielen 2012 in London, wo vietnamesische Sportler keine einzige Medaille gewonnen hatten, nicht mehr erleben müsse.

Man kann auf der Webseite der Akademie der Wissenschaften und Technologie Vietnams erfahren, dass Professor Nong Van Hai in den Jahren 1986-1989 an der

Humboldt Universität zu Berlin zum Doktor der Biologie promoviert hatte.

Da die vietnamesische Wissenschaft seit Jahren unter einem traurigen, schwer zu heilendem Minderwertigkeitskomplex zu leiden scheint, kann man solch eine Nachricht als nichts Besonderes und nur als ein weiteres Symptom unter anderen ansehen. So behauptete erst kürzlich ein Wissenschaftler in Saigon, ihm sei es gelungen, einen Motor nur mit Wasser zu betreiben. Da wundert es einen auch nicht, dass Vietnams ehemaliger Bildungsminister die utopische Forderung aufstellte, in Vietnam seien so schnell wie möglich 20.000 promovierte Wissenschaftler auszubilden, damit die vietnamesischen Universitäten bis zum Jahr 2020 in die Lage versetzt würden, internationales Niveau zu erreichen. Es kommt einem so vor, als glaubte der Herr Minister wirklich, er müsse nur genügend vielen Leuten akademische Titel verleihen, dann würde Vietnam wissenschaftlich mit Ländern wie Japan oder Deutschland auf gleichem Niveau stehen. Diese Forderung des Herrn Ministers und das Vorhaben des genannten Professors zur Verbesserung der vietnamesischen Rasse durch die Modifikation menschlicher Gene mögen einem absurd oder lächerlich vorkommen. Sie erinnerten mich jedoch an ein Programm des Ministeriums für Hochschulwesen, an dem ich Anfang der 70er Jahre gezwungenermaßen fünf Jahre lang direkt oder indirekt mitgewirkt hatte.

Ich hatte ja bereits erwähnt, dass man in meiner Zeit nicht durch eine Immatrikulation, sondern nur durch eine undurchschaubare und stark ideologisch geprägte Auswahl zum Studium gelangen konnte. Und, dass ich mein Studium auch geschafft habe, habe ich nicht wenig meinem Vater zu verdanken. Jahre später wurden Prüfungen zur Aufnahme eingeführt, was dem legendären Professor Ta Quang Buu als Verdienst angerechnet werden kann, damals Minister für Hochschulwesen. Offensichtlich hatte er die Parteiführung davon überzeugt, dass es für die revolutionäre Sache besser wäre, so die offizielle Sprache von damals, Studierende nicht *nur* nach dem Gesichtspunkt des Klassenkampfes auszuwählen, sondern auch ihre Leistungen und Fähigkeiten fachlich zu prüfen. Trotz seiner Autorität hatte er jedoch nicht darüber zu entscheiden, was mit den Absolventen von Universitäten und Hochschulen passieren sollte. Da damals in Nordvietnam alles, buchstäblich alles, staatlich war, durften Absolventen sich nach einem erfolgreichen Studium in der Regel nicht selbst einen Job suchen oder sich für irgendeine freie Stelle bewerben. Wo, wie, wann und für welche Arbeit sie eingesetzt werden sollten, wurde vom

Ministerium für Hochschulwesen zusammen mit einem weitverzweigten und kompliziert vernetzten System mächtiger Kaderabteilungen entschieden. Es gab kaum eine Möglichkeit, sich ihrer Entscheidung zu widersetzen.

Ende 1970 war so eine Entscheidung endlich auch für mich gefallen, der zufolge ich als Dozent an einer neu gegründeten Hochschule bei Hoa Binh zu arbeiten hatte. (Aufgrund des notorischen Mangels an promovierten Wissenschaftlern ist es in Vietnam damals wie heute immer noch gängige Praxis, dass ausgewählte Uni-Absolventen, direkt nach dem Studium als Dozenten eingesetzt werden können). Erst später habe ich aus verschiedenen Quellen erfahren, dass in meiner *„Kaderakte"* stand, ich sei ein disziplinloses, liberal gesinntes Element und daher für die Arbeit in den Institutionen in der Hauptstadt Hanoi nicht zu empfehlen. Wem hatte ich diese Empfehlung zu verdanken, wenn nicht den Mitgliedern der Parteizelle meines Studienganges und insbesondere ihrem Sekretär!

Damals erzählte man sich folgenden Witz: Eines Tages wollte ein Parteisekretär in das himmlische Reich Buddhas. Er hatte aber keinen Ausweis bei sich, und deswegen ließ ihn der Wächter das himmlische Tor nicht passieren. *„Weißt du etwa nicht, wer ich bin? Ich bin Parteisekretär an der Uni!"* tobte der Sekretär. Darauf entgegnete der Wächter: *„Woher soll ich* *wissen, wer Sie sind, wenn Sie sich nicht ausweisen können?".* Der Sekretär schäumte vor Wut, es half ihm aber nichts. Da kamen einige ältere Herren. Der Wächter begrüßte sie respektvoll und ließ sie vorbei, ohne nach dem Ausweis zu fragen. Unser Parteisekretär war außer sich und schrie: *„Was für Kerle waren das denn? Warum lässt du sie einfach passieren?".* Der Wächter schaute ihn an, überlegte kurz und sagte: *„Also gut, Sie können das Tor passieren. Wenn Sie die Herren Mendelejew, Einstein, Beethoven, Puschkin, und Tolstoi nicht kennen, können Sie ja wirklich nur Parteisekretär an der Uni sein!"*

Wer solche Witze verbreitete, durfte selbstverständlich nicht an Forschungsinstituten arbeiten. Gegenüber *„disziplinlosen, liberal gesinnten Elementen"* ohne Parteizugehörigkeit, sowie gegenüber Angehörigen der Bourgeoisie oder Grundbesitzern war die regierende PdWV in meiner Zeit eben sehr wachsam.

Rätselhaft war nur, welche Logik die Parteifunktionäre dazu brachte, jene ideologisch unzuverlässigen Elemente fast ausschließlich Pädagogik studieren und als Pädagogen arbeiten zu lassen. Es ist wirklich kein Scherz. Fast alle meine Schulkameraden in der Zeit der Oberschule stammten aus Familien des noch sehr jungen Hanoier Bürgertums, das erst in der Zeit der französischen Herrschaft entstanden war. Es war mir damals gar nicht bewusst, dass die bescheidenen

Wohnhäuser, Geschäfte oder Betriebe ihrer Eltern in der Hanoier Altstadt entweder beschlagnahmt oder enteignet worden waren und sie nach dem Abitur nur die Chance hatten, an der Hanoier pädagogischen Hochschule oder an sogenannten „10+3" pädagogischen Fachhochschulen zu studieren. Nach dem Studium wurden sie überall als Lehrkräfte eingesetzt, nur nicht in Hanoi.

Um Kinder der herrschenden Klasse, also von Arbeitern und Bauern, zu unterrichten!

Die Hochschule, an der ich im Jahr 1970 zusammen mit fast dreißig anderen frisch gebackenen Chemikern, Physikern, Mathematikern und Biologen der Hanoier Universität eingesetzt wurde, befand sich westlich von Hanoi, direkt am Song Da (Schwarzer Fluss). Um dorthin zu gelangen, musste man mit dem Linienbus Hanoi-Hoa Binh ca. 70 km gen Westen fahren. Kurz vor der Provinzstadt Hoa Binh musste man aussteigen, mit der Fähre den Schwarzen Fluss überqueren, dann zu Fuß oder mit dem Fahrrad flussabwärts noch ca. 10 km überwinden, bevor man das Ziel erreicht hatte. Dort existierte seit zehn-fünfzehn Jahren eine Schule, die mir unter den damaligen Verhältnissen sehr seltsam vorkam.

Erste Schülerinnen und Schüler waren ursprünglich junge Angehörige von mehreren in der Provinz Hoa-Binh lebenden ethnischen Minderheiten, die während des Widerstandskrieges gegen die Franzosen[6] *„freiwillig"*, wie behauptet wurde, in logistischen Einheiten des Viet Minh[7] gedient hatten. Anstatt nach dem Krieg zurück in ihre Dörfer zu gehen, was auch ein Weg zurück in ewige Armut und Aussichtslosigkeit gewesen wäre, blieben sie zusammen, gründeten zunächst eine kleine landwirtschaftliche Produktionsgenossenschaft, dann eine dazu gehörende Schule, in der junge Leute nach ihrer Arbeit auf den Maniokplantagen abends noch lesen und schreiben lernen konnten. *„Lernen und Arbeiten zugleich"* war das Motto. Sie waren es, die zuerst den Intensivanbau von Maniok durch Anwendung von Biodüngemitteln eingeführt und daher ungewöhnlich hohe Produktivität erreicht hatten. Aus Maniok brannten sie Schnaps, dessen Qualität zwar miserabel war, dennoch ließ sich dieser Schnaps gut an die Bauern der Gegend verkaufen. Zunächst unbemerkt von der Außenwelt verschafften sie sich allmählich mit dieser Arbeit aus dem Nichts ein kleines Vermögen, mit dem sie sich nicht nur Essen, Unterkunft und Kleidung besorgten, sondern

---

[6] 1946-1954
[7] s.o., S. 27, Fußnote

sogar junge, gebildete, wenn auch – wie schon erwähnt – ideologisch unzuverlässige Angehörige der ehemaligen Hanoier Bourgeoisie als Lehrer für ihre weitere Ausbildung engagieren konnten. So wurde die sogenannte *„Schule der sozialistischen Jugend"* geboren. Eine großartige, Achtung gebietende Leistung, obwohl die Regierung der Provinz Hoa Binh sie mehr als zehn Jahre lang nicht nur im Stich gelassen hatte, sondern auch alles getan hatte, um dieses Vorhaben zu hintertreiben.

Aber sie wurde im Land berühmt und, wie so oft, mit dem Ruhm begann allmählich alles schief zu laufen, was schieflaufen konnte.

Anfang der 60er soll *„Onkel Ho"* die Schule besucht haben – so nennt man in Vietnam bis heute den ehemaligen Präsidenten Ho Chi Minh. Vielleicht aber auch nur deshalb, weil er, wie manche Historiker heute schreiben, zu dieser Zeit innerhalb der von ihm selbst gegründeten Kommunistischen Partei[8] schon fast völlig entmachtet worden war und in der Öffentlichkeit nur noch als Symbolfigur fungieren durfte. Das Volk aber hatte, wie immer, keine Ahnung von dem traurigen Los des Onkels. Man erzählte stolz, Onkel Ho hätte sich für das Leben der jungen Leute sehr interessiert.

---

[8] s.o., S. 28, Fußnote

Während seines Besuchs habe er erklärt, dies hier sei in erster Linie eine Schule, die Produktion sei dagegen zweitrangig und junge Leute sollten nicht wegen des Maniokanbaus und der Schnapsproduktion das Lernen vernachlässigen. Der Besuch des Präsidenten hatte die bescheidene Schule am Ufer des Schwarzen Flusses damit über Nacht berühmt gemacht. Nach dem „Onkel" kam dann Le Duan, der damalige Erste Sekretär des ZK der Partei. Man wird wohl in den Parteischulen Vietnams noch lange diskutieren, wie scharf seine auf dem Marxismus-Leninismus basierten Analysen gewesen sein mussten, die ihm zu der genialen Schlussfolgerung verhalfen, dass diese Schule eine Werkstatt für die Ausbildung neuer sozialistischer Menschen sei. Man bräuchte nur junge Leute an der Schule aufzunehmen, sie sieben bis zehn Jahre zugleich lernen und arbeiten zu lassen, dann würden aus ihnen schon die Neuen Menschen für die Neue Gesellschaft werden! Dies sollte zum Vorbild für das ganze Bildungssystem Vietnams werden, und so würde bald eine sozialistische Gesellschaft, die nur aus Neuen Menschen bestünde, entstehen.

Darauf musste man erst mal kommen!

Viele Partei- und Regierungsfunktionäre aller Kaliber kamen danach scharenweise zu Besuch, um ihre Bewunderung der Genialität des Ersten Parteisekretärs zu demonstrieren.

Vertreter fast aller Verwaltungsorgane des Bildungswesens, sowie Delegationen von Lehrern und Schülern aus dem ganzen Land pilgerten hierher, um das ihnen aufgezwungene Vorbild vor Ort anzuschauen und davon zu lernen. Presse und Rundfunk berichteten ununterbrochen über die Schule; ein bekannter Komponist komponierte sogar eine Hymne für die Schule, um zu beweisen, wie regimetreu er war; einige sonst erfolglose Schreiberlinge versuchten ihr Glück, indem sie kleine, bemitleidenswerte Geschichten übers Lernen und Arbeiten in dieser Schule verfassten.

Seinen Höhepunkt erreichte das Ganze aber erst, als Ende 1970 die Kommission für Wissenschaft und Erziehung beim ZK der Partei das Hochschulministerium überzeugt hatte, hier eine Hochschule zu gründen. Sie sollte als universitäre Erweiterung der vorhandenen Schule gelten und ebenfalls unter dem Motto *„Lernen und Arbeiten zugleich"* funktionieren. Nach der festen Überzeugung von Parteitheoretikern unter der Führung des einst so bekannten Dichters (und damals zugleich Leiters der ZK-Abteilung) To Huu sollten Grundlagen der Naturwissenschaften, also Chemie, Biologie, Physik und Mathematik, neben der russischen Sprache und der marxistisch-leninistischen Philosophie gelehrt werden. Auf diese Weise könnte man schnell eine neue Art von Menschen ausbilden, die Intellektuelle sowie Arbeiter und

Bauern gleichzeitig seien. Diese seien daher noch besser für den Aufbau des Sozialismus, erst im Norden, später in ganz Vietnam geeignet.

Um die für das Land verheerenden Ideen des Dichters und Politikers To Huu zu kommentieren, wäre ich bestimmt nicht kompetent genug. Vielleicht würde aber für ihn das gelten, was Timothy Garton Ash erst viele Jahre später in *„Zeit der Freiheit"* schreiben wird: *„Man kann im Laufe seines Lebens Intellektueller und Politiker sein, doch sobald man versucht, beides gleichzeitig zu sein, ist man weder das eine noch das andere. "*

Doch Parteitheoretiker in der genannten Kommission waren dennoch dieser Überzeugung. Und aufgrund dieser hatte man veranlasst, dass der universitäre Bereich unter die fachliche Betreuung der Hanoier Universität gestellt werden sollte. Die Universität Hanoi delegierte daraufhin tatsächlich einige ihrer besten Vertreter, wie zum Beispiel Prof. Nguyen Hoan für Chemie, Prof. Nguyen Hoang Phuong für Physik und viele andere damals im Land bekannte Dozenten an die Hochschule am Schwarzen Fluss, um dort zeitweise Vorlesungen zu halten. Wir neuen Absolventen durften ihnen zuerst nur assistieren und ihnen helfen, unterschiedliche Labore einzurichten und Fachbücher sowie Zeitschriften für die Bibliothek zu bestellen.

Da ich gut Russisch konnte, habe ich diese Gelegenheit genutzt, unbemerkt von Allen anderen auch zahlreiche nicht-fachliche Literatur, also russische und ins Russische übersetzte westliche Belletristik für die Bibliothek zu bestellen, die aber, wie die Kartei der Bibliothek später verraten würde, fast nur von mir und noch zwei-drei anderen Kollegen ausgeliehen wurde. Nachdem die Sowjetunion unter Breschnew Nordvietnam immer stärker im Krieg gegen die USA unterstützt hatte und bis in die Jahre 1989-1990 hinein, als Gorbatschow von der KPV[9] vom Retter des Leninismus zu dessen Verräter degradiert wurde, war alles, was auf Russisch war und aus der Sowjetunion kam, sozialistisch und daher gut. Damit wurde immerhin ein kleines Fensterchen geöffnet, durch das man mehr oder weniger gefahrlos auf die Welt blicken konnte. Die Zeitschrift *„Sputnik"* z.B. war bis zum Schluss in Vietnam nicht verboten worden[10]. Dies lag aber nicht daran, dass die KP Vietnams für Glasnost und Perestroika gewesen wäre. Im Unterschied zu ihren Genossen in Ost-Berlin hatten die Zensurbehörden in Hanoi und Saigon offensichtlich nur nicht verstanden, was und worüber Sputnik damals

---

[9] s.o., S. 28, Fußnote
[10] In der DDR war der Sputnik ab 1989 nicht mehr erhältlich.

berichtete. Darauf würde ich jede Wette abschließen! Wenn man schon nicht weiß, wer Lew Tolstoi oder Alexander Puschkin waren, muss man auch nicht unbedingt wissen, wer Rybakow, Sacharow oder Solschenizyn sind.

Ein mehrköpfiges Direktorium leitete nun die Verwaltung dieses neu gegründeten universitären Bereichs. Wenn ich mich richtig erinnere, wurde es von der genannten Abteilung des ZK, dem Hochschulministerium und von der regionalen Führung gemeinsam berufen. Wie nicht anders zu erwarten, saß in diesem Direktorium kein einziger Hochschullehrer. Es gab nur Parteifunktionäre, die in ihrem ganzen Leben noch keinen Vorlesungssaal einer Hochschule gesehen und sicherlich auch keine Ahnung vom Lehrbetrieb einer Hochschule hatten. Für die Herren im Direktorium war solch eine Hochschule auch nicht viel anders als ein Kindergarten oder eine vietnamesische Produktionsgenossenschaft, in denen alles nach Kommando von oben zu funktionieren hatte. In den Augen jener „*Theoretiker*" der ZK-Abteilung, deren Kenntnisse des Hochschulwesens offensichtlich nur aus der Lektüre vietnamesischer Übersetzungen von Maxim Gorkis „*Meine Universitäten*", beziehungsweise von Makarenkos „*Flaggen auf den Türmen*", stammten, war eine Hochschule ohnehin nichts anderes als eine Werkstatt für die Produktion neuer Menschen.

Viele von uns hatten für derartige Vorstellungen eigentlich nur Spott übrig. Wir, mich nicht ausgeschlossen, hatten doch aber bei der Gründung sowie in der Anfangsphase dieser *„Hochschule"* sehr viel Energie und Fleiß investiert. Uns blieb ja kaum eine andere berufliche Wahl, und wer von uns konnte damals schon wirklich begreifen, wie absurd diese Ideen eigentlich waren[11].

Vor kurzem habe ich zufällig im Fernsehen einen amerikanischen Kinofilm gesehen, der mich gleich an eine kleine Geschichte erinnert hat, die ich damals in der vom ZK der KPV gewünschten Werkstatt für Neue Menschen erlebt habe. Es war der Film *„Die Insel"* (The Island) von 2005 mit Ewan McGregor und Scarlett Johansson. Es ging um das Klonen von Menschen, die aber unerwartet ein Bewusstsein entwickeln und daher anfangen, nach Freiheit zu streben.

---

[11] Das damalige Konzept „Lernen und Arbeiten zugleich" in Vietnam ist nicht mit dem heutigen dualen Studium in Deutschland zu verwechseln. Im dualen Studium steht die Pädagogik im Vordergrund, das erlangte Wissen wird praktisch vertieft und in der Regel ein Studienabschluss sowie ein Berufsabschluss erworben. Das damalige vietnamesische Konzept „Lernen und Arbeiten zugleich" basierte aber auf der Grundannahme, dass die Studierenden während des Studiums in die Warenproduktion für die Gesellschaft involviert werden müssen.

Eine Gruppe von Studenten wollte sich nicht mehr damit abfinden, dass sie immer öfter abends oder auch nachts, manchmal sogar während der Vorlesung, Anweisungen erhielten, frisch geernteten Maniok auf Wagen zu laden und zu der in der Nähe gelegenen Schnapsbrennerei zu transportieren. Sie konnten sich deshalb nicht richtig ausruhen und mussten auch häufig ihre Vorlesungen vernachlässigen. Darüber hinaus wurden die täglichen Rationen der Studenten, die schon kärglich genug waren, willkürlich gekürzt. Sie entschlossen sich daher, wegen dieser nächtlichen Arbeiten an das Hochschulministerium sowie an die zuständige Abteilung des ZK eine Beschwerde zu verfassen, die alle in der Gruppe unterzeichnet hatten. Ebenso beantragten sie eine dringende Kontrolle der Buchhaltung der Schule durchzuführen. Arme und naive Studenten! Die Reaktion der zuständigen ZK-Abteilung und des Ministeriums war trotzdem überraschend. Sie sandten die Eingabe der Studenten an das Direktorium der Schule zurück: *„Löst eure Probleme doch selbst!"*

Der Leiter des Direktoriums, ein kleiner Mann und wohl der Intelligenteste, den die Führung der Provinz Hoa-Binh damals anzubieten hatte, schäumte vor Wut. Dass Studenten sich über ihre harte Arbeit und den ständigen Hunger beim Ministerium beschwert hatten, war seiner Überzeugung nach eine ideologische Rebellion, gegen die er mit revolutionärer Wachsamkeit energisch vorgehen musste. Ohne ein anderes Gremium zu konsultieren, schloss er mit sofortiger Wirkung die Beschwerdeführer von den Vorlesungen aus. Erst dann rief er die aus der gesamten Dozentenschaft bestehende Disziplinar-Kommission zusammen und verlangte, dass sie harte Maßnahmen gegen *diese disziplinlosen und unverschämten Elemente* ergreifen sollte.

Den meisten Dozenten gefiel es zwar nicht, aber sie sagten nichts gegen die vom Direktor verhängte Vorlesungssperre. Der Direktor war daran gewöhnt, dass man ihm und der Partei, in deren Namen er agierte, nicht widersprach. Die anderen waren daran gewöhnt, sich an die allgemeine Regel der vietnamesischen, zentralisierten Demokratie zu halten und ihrem Vorgesetzten nicht zu widersprechen. Ich ergriff trotzdem das Wort. Studenten haben sich beim Ministerium über die Arbeit der Hochschule, also über unsere Arbeit, beschwert. Aus diesem Grund argumentierte ich, hätten wir überhaupt kein Recht, zu entscheiden, ob ihre Beschwerde begründet oder unbegründet wäre. Die Sache müsste von der verantwortlichen Stelle des Ministeriums geklärt werden, nicht vom Direktorium und auch nicht von uns, den Dozenten. Handelte es sich bei den Beschwerden der Studenten um eine Verleumdung, so müssten Studenten die

Verantwortung tragen; sollten sie aber Recht haben, müssten wir das Gleiche tun. Ich verlangte daher, solange dies noch nicht geklärt war, die Vorlesungssperre gegen die betroffenen Studenten aufzuheben.

Mein Redebeitrag löste große Aufregung aus. Es wurde laut, heftig und lange diskutiert, bevor wir uns einig waren, darüber abzustimmen, ob eine Kontrolle durch das Ministerium für das Hochschulwesen beantragt werden sollte. Wie nicht anders zu erwarten war, verlor ich die Abstimmung, da ich als Einziger mit ja gestimmt hatte. Das Argument des Direktors, *„wir wollen die Sache lieber intern regeln"*, hatte klar gewonnen. Was würde man im Ministerium und in der Abteilung des ZK wohl über das Direktorium und die Belegschaft denken, wenn wir für eine solche Sache eine Kontrolle durch das Ministerium verlangen würden. Von dort hatte man ja schließlich den Beschwerdebrief an uns zurückgeschickt. Aber die Vorlesungssperre wurde immerhin gekürzt und es wurden auch keine weiteren Maßnahmen gegen die *„rebellischen"* Studenten eingeleitet.

So wird die Demokratie in Vietnam bis heute verstanden, oder so muss sie verstanden werden. Eine Entscheidung, egal welcher Art, wird generell zunächst von einem Parteisekretär oder -gremium getroffen. Danach darf das einfache Volk über diese Entscheidung abstimmen. Aber nur dafür, niemals dagegen.

Der Direktor und sein Direktorium dachten wohl, ihre Genossen an der Hanoier Universität hatten sich vor Jahren nicht geirrt, als sie mich als disziplinloses und liberal gesinntes Element einstuften. Seitdem wurde ihr ohnehin schon unfreundliches Verhalten mir gegenüber noch argwöhnischer und feindseliger. Aber zwischen vielen Studenten und mir entwickelte sich eine enge und vertrauensvolle Freundschaft, die für mich, nach meiner Niederlage bei der Abstimmung und der anschließenden Konfrontation mit dem Direktor, Balsam auf der Seele war. Diese Freundschaft half uns, allen Schikanen und Gemeinheiten zu widerstehen, mit denen der Direktor und seine Helfershelfer uns jeden Tag bis zu meinem Ausscheiden aus der Schule im Mai 1975 zu drangsalieren versuchten.

Der universitäre Bereich der Schule sozialistischer Jugend am Schwarzen Fluss wurde 1978-79 stillschweigend eingestellt; sämtliche Studenten wurden nach und nach an die Hochschule für Landwirtschaft bei Hanoi delegiert. Dort sollten sie zu normalen landwirtschaftlichen Ingenieuren ausgebildet werden. Der Direktor wurde übrigens wegen

Verletzung der kommunistischen Moral kurz vor meinem Ausscheiden seines Amtes verwiesen, nachdem er seine Schwägerin geschwängert hatte und durfte – das ist wieder kein Witz – nur noch *„wissenschaftlichen Marxismus-Leninismus"* am sich allmählich auflösenden universitären Bereich der Schule sozialistischer Jugend unterrichten. An der Sitzung der Disziplinarkommission für *diesen* Fall durften nur Parteigenossen teilnehmen, nicht wir Dozenten. Sie wussten wohl am besten, wie und womit sie ihn adäquat bestrafen konnten.

Als ein Symbol für Versagen und Sinnlosigkeit war der Direktor sehr gut geeignet, und darin bestand wohl sein eigentlicher Verdienst.

Um die Schule sozialistischer Jugend am Schwarzen Fluss ist es seitdem immer stiller geworden. Wenn man aber glaubt, dass die Vorstellung man könne sozialistische Neue Menschen durch eine Musterschule fließbandartig herstellen, schon in Vergessenheit geraten sei, so belehrt uns Herr Professor Nong Van Hai mit seinem Projekt zur Optimierung der vietnamesischen Rasse mittels der Genmodifizierung wohl eines Besseren.

Neuer Mensch am Schwarzen Fluss

1972. Eine Fliegerbombe mit Zeitzünder.

Es war vor Jahren in Berlin, genau am 21. März 2003!

Der Krieg gegen den Irak hatte am Tag zuvor begonnen. Die Frühnachrichten des Fernsehens kündigten ihn an, sachlich, ruhig, fremd, kalt, gleichgültig und emotionslos. Man hörte zuerst die Rede des US-Präsidenten Bush im Fernsehen. Er habe der US Army den Befehl gegeben, Bagdad zu bombardieren und den Irak zu „befreien". Anschließend kam die Rede Saddam Husseins. Der Mann zeigte sich müde, aber unverletzt nach dem ersten Bombenangriff und rief das Volk zum Widerstand auf. Alles wirkte irgendwie unwirklich. Ich fuhr wie alle Tage zuvor zur Arbeit.

Den ganzen Tag konnte ich mich jedoch nicht auf meine Arbeit konzentrieren. Es war irgendwie unruhig in mir. Ich saß wie immer an meinem Schreibtisch vor dem Computer; las irgendwas, schrieb irgendwas, aber dem, was ich las oder schrieb, konnte ich einfach nicht mehr richtig folgen. Eine seltsame Nervosität, ein unruhiges Gefühl; sehr oft musste ich aufstehen, um dann ziellos zwischen den Büros und Laboratorien im Institut hin und her zu laufen. Mir war nicht ganz klar, woher diese Nervosität, diese Unruhe kam. Ohne viel nachzudenken, fuhr ich gegen 18 Uhr in die Stadt, zum

Alexanderplatz, wo sich viele Menschen spontan zu einer Anti-Kriegs-Demonstration versammelt hatten.

Als ich ankam, war der große Platz schon fast voll von Menschen, von überall kamen aber immer noch mehr hinzu. Hier und da auf dem Platz gab es kleine Wagen mit provisorisch montierten Lautsprechern, aus denen die Stimmen irgendwelcher Sprecher zu hören waren. Gruppenweise standen Leute dicht um solche Wagen zusammen und hörten schweigend zu. Es war sehr kalt. Ich lief langsam herum, einfach so, zwischen den Menschen, ohne zu wissen, wohin und wozu. Dabei versuchte ich, zuzuhören, konnte jedoch nicht wirklich begreifen, worüber man da aus den Lautsprechern redete. Ich sprach mit niemandem; hatte aber auch den Eindruck, dass die sich hier versammelten Leute kaum miteinander redeten, sodass auf dem Platz eine seltsame Stille herrschte. Durch die angestrengten Stimmen, die mal leise, mal laut aus den Lautsprechern tönten, war diese Stille noch deutlicher zu spüren und bedrückte mich sehr. Wir sind doch so viele hier, wir stehen da, wir bewegen uns hin und her, wir können aber nicht miteinander sprechen und uns in die Augen sehen. Es hing irgendwas in der Luft, irgendetwas Unheimliches, Unsichtbares, Bedrohliches, Unbegreifliches. Und alles das machte mich einsam, verloren und niedergeschlagen.

Bald konnte ich dies nicht mehr ertragen, und als die Leute auf dem Platz anfingen, sich mit ihren Plakaten und Kerzen langsam in Richtung Unter den Linden zu bewegen, fuhr ich zu mir nach Hause. Im Wohnzimmer schaltete ich den Fernseher an. Überall, ob CNN, BBC, ZDF, ARD oder RTL, brachte man nur dieses hellgrüne, kalte, fürchterliche Bild des ersten US-Bombenangriffes auf Bagdad. Auf den Bildschirm starrend begriff ich endlich, was mit mir los war: Ich hatte Angst.

Jene tierische Angst hatte ich auch vor mehr als 40 Jahren gehabt.

Im Jahre 1972 wurden die US-Luftangriffe, Zufall oder nicht, nach den Besuchen des US-Präsidenten Richard Nixon in Peking und Moskau immer heftiger und brutaler. Nordvietnam erlebte deshalb eine zweite Evakuierungswelle. Ich arbeitete noch als Dozent an der Hochschule in Hoa Binh. Aus Sicherheitsgründen mussten wir aus dem Hauptgebäude der Hochschule ausziehen und wohnten verteilt in selbst gebauten Baracken aus Bambus, die unter dem Schatten der Bäume verstreut am Waldrand lagen.

Es war gegen 19 Uhr, am 18. Dezember 1972.

Wir hatten eben zu Abend gegessen, als der Himmel über uns plötzlich voll von diesem Getöse war, das wir noch nie gehört hatten. Es war unbeschreiblich! Dass US-

Kampflugzeuge, voll beladen mit Bomben, von ihren Stützpunkten in Thailand über uns hinweg in Richtung Hanoi oder Hai Phong flogen und dort ihre tödlichen Ladungen abwarfen, bevor sie sich wieder aus dem Staub machten, war für uns nichts Ungewöhnliches mehr. Aber meist waren dies einzelne Aktionen. Mit der Zeit wussten wir sogar schon, wann sie ungefähr fliegen würden; und wie die meisten Leute in Nordvietnam konnten wir damals auch schon in etwa unterscheiden, ob es sich um eine F-111, eine F-105, eine F-4, eine F-8 der Amerikaner oder um eine Mig-21 unserer eigenen Luftwaffe handelte.

Aber dieses Mal! Es schien so, als ob diese bleischweren, bedrohlichen, tiefen Geräusche „U…U…U" plötzlich von irgendwo da oben auf das Land herabfielen und die ganze Atmosphäre, die Erde mitsamt der Bäume und Häuser zum Zittern brachte. Natürlich weckten sie Angst, tiefgreifende, bedrückende, tierische Angst. Am Horizont, in Richtung Hanoi, sah man unaufhörliche Blitze, bevor man dumpfe Explosionen hörte, wie ein heftiges, nicht enden wollendes Gewitter.

Das waren B52-Bomber, die Hanoi bombardierten!

Ohne lange nachzudenken, versuchten wir das Radio einzuschalten. Ich zitterte am ganzen Körper, mein Herz konnte sich nicht mehr beruhigen und ich war, wie alle anderen, vor Angst fast völlig paralysiert und konnte nur noch sprachlos auf diesen kleinen Radioempfänger starren. Neun Minuten lang war kein Signal zu empfangen! Das waren die später berühmt gewordenen (aber auch wieder schnell vergessenen) Neun Minuten, in denen die Zentrale des Senders *„Die Stimme Vietnams"* von Bomben getroffen wurde und man deshalb keine Nachricht mehr senden konnte. Ich kann mich noch sehr gut daran erinnern, welche Ewigkeit uns diese neun Minuten vorkamen. Jener kleine Radioempfänger war plötzlich das einzige Verbindungsglied, das uns mit allem da draußen in der Welt, in Hanoi, mit unseren Eltern, Schwestern, Brüdern, Verwandten verband. Welche Erleichterung, ja, was für eine Freude brach aus, als wir dann wieder das bekannte Sendezeichen und auch die normalerweise kaum mehr beachtete Stimme hören konnten *„Hier ist der Radiosender Stimme Vietnams".* Es war verrückt! Diese tagtäglich zu hörende Stimme, der du normalerweise keine besondere Beachtung geschenkt hattest, gewann in diesem Augenblick eine ungeheure Bedeutung. Lebte diese Stimme, so lebte auch Hanoi! Dann lebten auch noch unsere Lieben! Instinktiv, unerklärlich war dieser Glaube in jenem Moment.

Später erfuhr ich, dass an diesem Abend des 18. Dezember 1972 die wunderbare Sängerin und Aktivistin der

Friedensbewegung Joan Baez in Hanoi war. Ich kann gut nachvollziehen, dass sie dieses Erlebnis, wie sie später berichtete, schwer traumatisiert hat. Dass Ende Dezember 1972 außer Joan Baez noch andere berühmte Amerikaner Schutz vor den eigenen Bomben im Keller des Hotels Metropol im Zentrum Hanois suchen mussten, erfuhren wir damals nicht: Der ehemalige amerikanische Hauptankläger beim Internationalen Militärgerichtshof in Nürnberg gegen die Nazi-Kriegsverbrecher, US-General a.D. Telford Taylor, der Vietnamskriegs-Veteran Barry Romo (ein Mitglied des Vereins *„Vietnam Veterans Against the War")* und der Theologe Michael Allen. Wir erfuhren auch nicht, dass Telford Taylor sofort einen Bericht aus Hanoi nach Amerika geschickt hatte, der eine spontane und sofortige Spendenaktion Tausender von Menschen zum Wiederaufbau des zerstörten Bach-Mai-Krankenhauses ins Leben gerufen hatte[12]. An diesem Abend hatten die amerikanischen B52-Bomber nicht nur Joan Baez und ihre Begleiter in Hanoi, sondern uns alle total überrascht. In den Monaten Ende 1972, aber insbesondere im Dezember, glaubten wir in Vietnam, dass der Frieden schon

---

[12] Tom Hayden in seinem Artikel „Buried history in Hanoi" in der Los Angeles Times vom 20.01.2013: tomhayden.com/home/buried-history-in-hanoi.html

in Sicht war. Mit der Wiederaufnahme der sogenannten vertraulichen Gespräche zwischen dem amerikanischen Sicherheitsberater Henry Kissinger und dem nordvietnamesischen Politiker Le Duc Tho in Paris im Oktober 1972 schien ein Stillstand überwunden zu sein, der die seit 1968 geführten Pariser Friedensverhandlungen gelähmt hatte. Am 4. Dezember 1972 wurde sogar bekanntgegeben, dass Henry Kissinger und Le Duc Tho das Friedensabkommen schon provisorisch unterschrieben haben sollten. Dass die Verhandlungen am 16. Dezember erneut stagnierten und dass Nixon schon zwei Tage später die massive Bombardierung von Hanoi anordnete, konnte ja niemand ahnen. Aus diesem Grund waren noch sehr viele Hanoier, vermutlich auch meine Eltern und meine Schwester, in der Stadt gewesen als am Abend des 18. Dezember 1972 amerikanische B52-Bomber staffelweise kamen und ihr sogenanntes Teppichbombardement auf die dicht bewohnte Stadt verübten. Sie hatten sich auf den ersehnten Frieden so gefreut, dass sie ihren Evakuierungsort schnell verlassen hatten und in die Stadt zurückgekommen waren.

Ohne zu zögern, fuhr ich gleich am nächsten Morgen mit meinem Fahrrad nach Hanoi. Genau wie ich vermutet hatte, fand ich meine Eltern und meine jüngere Schwester noch in unserer damaligen Hanoier Wohnung. Wie viele andere Hanoier Familien versuchten nun auch wir, die Stadt so schnell wie möglich zu verlassen, natürlich alle mit Fahrrädern, denn das war damals das einzige Transportmittel. Es gab kaum einen Zug oder einen Bus., Mopeds, private PKWs oder Taxis waren in Nordvietnam damals völlig unbekannt. Ja, Fahrräder haben uns Vietnamesen im Norden lange Zeit treu begleitet.

Es gab darüber hinaus noch eine erfreuliche Neuigkeit für mich. Meine Schwester hatte ein Stipendium für das Studium in Leningrad erhalten, nachdem sie nach ihrem Abitur noch eine zusätzliche Auswahlprüfung bestanden hatte. Vor ihrer Abreise musste sie jedoch einen dreimonatigen Vorbereitungskurs absolvieren. Aufgrund der amerikanischen Luftangriffe konnte dieser Kurs jedoch nicht in Hanoi veranstaltet werden, sondern in einem Dorf irgendwo im Gebiet von Vinh Phu, das ungefähr 60 km entfernt von Hanoi liegt.

Wie sollte meine Schwester dorthin kommen? Allein würde sie es bestimmt nicht schaffen. Sie musste in eine völlig fremde Gegend. Wegen der Luftangriffe war es ratsam, abends oder nachts zu fahren, und wer konnte schon vorhersehen, welche Gefahren unterwegs lauerten. Eines aber war sicher, sie durfte die Gelegenheit auf keinen Fall verpassen. In diesen Zeiten wäre eine Reise ins Ausland für sie die sicherste Rettung. Obwohl ich wusste, dass mir eine allzu lange Abwesenheit Ärger mit dem Direktor meiner Hochschule einbringen würde, entschied ich mich trotzdem, auch noch meine Schwester zu dem Ort ihres Vorbereitungskurses zu begleiten, nachdem ich schon meine Eltern bis zu ihrem Evakuierungsort gebracht hatte.

Aus jahrelanger Erfahrung, die man seit dem ersten Luftangriff auf Hanoi Anfang 1965 gemacht hatte, glaubte man in Hanoi, die Amerikaner würden an Weihnachten nicht bombardieren, was also einen inoffiziellen, vorläufigen Waffenstillstand bedeutete. Ich kann mich noch gut erinnern, Weihnachten war damals in Nordvietnam kein offizieller Feiertag. Nur Christen hatten zwei Tage, den 24. und 25. Dezember, frei. Man feierte Noël (es wurde die französische Bezeichnung für Weihnachten benutzt) offiziell nicht, aber am Abend des 24. Dezembers zogen junge Leute trotzdem in Richtung der Hanoier Kathedrale im Zentrum der Stadt. Egal ob sie Christen oder Nicht-Christen waren. Alle zogen die schönsten Sachen an, die sie besaßen. Sie gingen einfach hin, ohne die Kathedrale zu betreten, ohne richtig hinzuhören, was aus den um die Kathedrale aufgestellten Lautsprechern ertönte. Man schlendert die ganze Nacht hindurch hin und her durch die Gassen in der Nähe der Kathedrale und um den Hoan-Kiem-See. Einfach nur um zu sehen und gesehen zu werden! Alle Maßnahmen, Versuche oder Tricks der Regierung, meist waren sie nur zaghaft wenn auch bauernschlau, dies zu verhindern, waren vergeblich. Und, dieses inoffizielle Fest der Jugend fand jedes Jahr, auch während des Krieges, weiter statt. (Ob dies auch am Noël-Abend des Jahres 1972 der Fall war, weiß ich allerdings nicht).

Ja, es war genau am Weihnachtsabend 1972. Als es dunkel geworden war, machten wir uns, meine Schwester und ich, auf dem Weg. Wie damals üblich hatten wir nicht viel Gepäck, nur zwei, auch unter der Zivilbevölkerung weitverbreitete, kleine Militärrucksäcke. Wir mussten nach Norden fahren, ohne den genauen Weg zu kennen. Ich fuhr, meine Schwester saß hinter mir auf dem Gepäckträger, die Rucksäcke waren an den beiden Seiten des Hinterrades angehängt. Vorsichtshalber mieden wir die Hauptstraßen und fuhren durch Dörfer und Reisfelder nur auf schmalen Nebenstraßen, auf denen man normalerweise nur zu Fuß läuft.

Am Anfang verlief die Fahrt, wenn auch nicht gerade sehr leicht, doch ohne nennenswerte Vorkommnisse; abgesehen davon, dass ich zwei oder drei Mal wegen der Dunkelheit vom schmalem Weg abkam, dann das Gleichgewicht verlor und wir beide gestürzt sind. Zum Glück hatten wir uns nicht verletzt, es tat nur ein bisschen weh. Wir hatten sogar Spaß. Jedes Mal, wenn wir an einem Dorf oder an einer allein neben dem Reisfeld stehenden Bauernhütte vorbeifuhren, hörten wir das aufgeregte Gebell der wachsamen und wichtigtuerischen Hunde, das uns bis zum Ende des Dorfes begleitete und die Ruhe der stillen Nacht eine kurze Weile störte. Es ist schon so lange her, aber ich erinnere mich noch sehr deutlich an diese friedliche ländliche Stimmung eines nordvietnamesischen Dorfes. Sogar in diesem Jahr 1972!

Es war stockdunkel, als wir einen Landweg erreichten, der teilweise auf einem Deich des Roten Flusses entlanglief. Wir hatten zwar eine Taschenlampe, die meine Schwester hinten auf dem Gepäckträger in ihrer Hand hielt. Doch um die Batterie zu schonen, schaltete sie diese nur selten an, was mir die Orientierung nicht erleichterte. Wir mussten nur noch diese kurze Strecke hinter uns lassen, dann würden wir ein Dorf erreichen, wo man mit einer Fähre über den Roten Fluss setzen konnte. Denn dies war die schmalste Stelle des mächtigen Flusses, der in dieser trockenen Jahreszeit weniger Wasser als sonst hatte und nicht schnell floss.

Wir hatten uns beeilt und, vielleicht deswegen, nicht auf eine kleine, an der Seite der Deichstraße gebaute Hütte geachtet. Ich fuhr ein Stück weiter, als ich jemanden hinter uns laut und in höchster Panik rufen hörte: *„Halt! Halt! Wer ist das? Seid ihr verrückt geworden?! Da liegt doch eine Bombe!"* Es war ein Mann, vermutlich aus einer örtlichen Selbstverteidigungseinheit, der eine große Petroleumlampe hochhielt und vergeblich versuchte, nach vorn in unsere Richtung zu schauen. *„Bleibt da stehen"*, schrie er.

Er blieb ebenfalls stehen, ein Stück hinter uns. Wir konnten sein Gesicht, beleuchtet durch das schwache Licht seiner Lampe, nur undeutlich erkennen. Seine Stimme verriet aber, dass er nicht wusste, was nun zu tun sei. Dann erklärte er, die Bombe läge irgendwo auf dem Feld, nicht sehr weit vom Deich entfernt, vielleicht ein Blindgänger. Aber man könne nicht ausschließen, dass sie mit einem Zeitzünder versehen wäre, daher wisse man nicht, ob und wann sie eventuell explodieren würde. Ebenso wenig wisse man, ob sie eine Magnetbombe sei, die auf Metall reagieren würde.

Ich fühlte, wie meine Schwester vor Angst zitterte. Wir beide standen da und wussten weder vor noch zurück; egal wohin wir schauten, gab es nur Dunkelheit, außer dem schwachen Licht aus der Lampe, die der Mann ein Stück hinter uns hochhielt. Irgendwo in der Nähe lag die eventuell mit einem Zeitzünder versehene Bombe.

Plötzlich, ohne groß nachzudenken, handelte ich schnell, blindlings, instinktiv, fast wie ein Roboter. Ich zog meine Schwester an meine Seite des Fahrrads und schob das Fahrrad wie einen seitlichen Schutzschild; so gingen wir weiter. Ich hörte nicht mehr, was der Mann uns noch hinterherrief. Nach so vielen Jahren kann ich auch heute noch nicht beschreiben, woran ich in diesem Moment dachte, was ich bei dieser Situation fühlte. Woran ich mich aber noch erinnern kann, war nur dieses Gefühl der Erleichterung, nachdem wir die Strecke auf dem Deich verlassen konnten und das schützend wirkende Dorf im schnellen Lauf, aber fast ohne Luft zu holen, erreicht hatten. Ich kann auch nicht sagen, ob ich damals, als wir an der Bombe vorbeiliefen, die jederzeit auf die Vibration unserer Tritte oder meines Fahrrads reagieren und explodieren konnte, Angst hatte. Die kam erst später, als ich viel älter geworden war, in einsamen Stunden, in nächtlichen Alpträumen, die mich später immer wieder heimsuchten.

Es war schon kurz nach Mitternacht, als wir beide mithilfe einer Fähre ans andere Ufer des Roten Flusses gelangten. Von hier bis zum Ziel sollte es nicht mehr weit sein. Aber unsere Kräfte waren schon fast am Ende und die inländischen Batterien erbärmlicher Qualität konnten keinen Strom mehr fürs Licht geben. Die müde, aber freundliche Fährfrau hatte uns den Tipp gegeben, ein kleines Lokal aufzusuchen, das sich nicht weit vom Flussufer befand.

Das Lokal war natürlich schon zu und der Wirt schlief schon, aber als ich laut und hartnäckig an die Tür klopfte, machte er sie trotzdem auf. Und, nachdem ich ihm versichert hatte, dass ich ihn reichlich entlohnen würde, machte er das Feuer in seiner Küche wieder an, um eine Nudelsuppe für uns zu kochen. Die Suppe schmeckte furchtbar, trotz der heuchlerischen Beteuerungen des Wirts, er sei der beste Koch in der Gegend, und wie schwer, wie teuer es für ihn sei, Fleisch, Gemüse und Nudeln zu besorgen. Immerhin konnten wir uns, vor allem meine erschöpfte Schwester, ein wenig erholen. Bevor wir wieder aufbrechen wollten, fragte ich ihn, ob er uns neue Batterien verkaufen könnte.

Er überlegte und sagte dann, Batterien ohne Zuteilungsmarken wären sehr teuer. Das wusste ich natürlich selbst. Damals gehörten Batterien zu den vielen Gebrauchsartikeln, die man nur mit Marken kaufen konnte. Nach einer kurzen Pause fügte er hinzu, er hätte gestern welche auf dem Schwarzmarkt gekauft. Nur für den Notfall. Aber falls ich wolle, der Weg sei ja noch weit und dunkel, die

Gegend fremd, wer weiß, was unterwegs noch passieren könnte, würde er, wenn auch nicht gern, schließlich brauche er die Batterien für seine Familie, sie mir für zwanzig Dong, genau so viel, wie er selbst bezahlt habe, weiterverkaufen. Er wolle uns nur helfen, sonst nichts. Die zwanzig Dong die er verlangte waren damals sehr viel Geld. Als Hochschullehrer verdiente ich monatlich fünfundsechzig Dong.

Da hörten wir ein Mädchen hinter der Küchentür sagen: *„Papa! Wir hatten doch gestern mit der Zuteilungskarte vier Batterien aus dem Genossenschaft-Laden geholt. Zwei Stück kosteten doch nur zwei Hao."* (Zehn Hao entsprachen einem Dong).

Wir wussten nicht, seit wann sie schon dort in der Küche war. Wahrscheinlich hatte der Wirt sie unbemerkt aus dem Bett geholt, um ihm zu helfen. Jedenfalls war sie da und hatte unser Gespräch mitgehört. Was ihr Vater die ganze Zeit palavert hatte, weiß ich nur noch sinngemäß; aber das, was sie mit ihrer leisen, schläfrigen, jedoch klaren und vorwurfsvollen Stimme sagte, haben meine Schwester und ich bis heute, noch nach mehr als vierzig Jahren, nicht vergessen.

Ebenso wenig ihre Augen, mit denen ein zehn- oder zwölfjähriges Mädchen aus der Küche herausguckte. Und dann den vernichtenden Blick des Vaters auf die eigene Tochter, die ihn soeben in aller Unschuld bloßgestellt hatte.

Als wir schon uns ein Stück weit von der kleinen aus Lehm gebauten Hütte entfernt hatten, hörten wir noch, wenn auch nicht Wort für Wort, wie der Wirt in der Hütte brüllte.

„Arme Cosette", sagte meine Schwester leise.

Und ich dachte, wenn ich bloß so wie Jean Valjean sein könnte!

Wir waren beide zwar erschöpft, aber mit der nun ordentlich funktionierten Taschenlampe hatten wir schnell das Dorf erreicht, wo man eine provisorische Einrichtung zur Durchführung des Vorbereitungskurses aufgebaut hatte. Meine Schwester wurde gegen Mittag problemlos in eine Gruppe von Teilnehmern aufgenommen und, wie es damals üblich war, bei einem freundlichen Bauernehepaar im Dorf untergebracht. (Sie hatte wirklich Glück gehabt. Die Bombardierung von Nordvietnam wurde nur drei Tage später eingestellt. Als in Paris endlich das Friedensabkommen erreicht worden war und Ende März 1973 tatsächlich in Kraft treten konnte, konnten meine Schwester und ihre Kommilitonen sicher zum Studium in die Sowjetunion gebracht werden.)

Ich blieb diese Nacht und den ganzen nächsten Tag bei meiner Schwester, die ich wohl erst Jahre später wiedersehen würde. Die freundlichen Bauern ließen mich bei ihnen ausschlafen. Am dritten Tag, nach einer Nacht heftiger Bombenangriffe in der fernen Richtung von Hanoi und als es draußen noch dämmrig war, verabschiedete ich mich von meiner Schwester.

Ich fuhr mit der gleichen Fähre wieder zurück über den Roten Fluss. Um die bestimmt noch nicht entschärfte Bombe zu vermeiden und meine damalige Dienstelle in Hoa Binh erreichen zu können, musste ich von dort aber allein einen anderen Weg nehmen. Auf der Fähre über den Fluss waren nur wenige Leute, die sich aber in einer Ecke zusammenfanden. Neben mir stand ein junger Mann, der wie ich ein Fahrrad hielt. Er schaute unruhig rundherum. Dann fragte er mich mit zitternder Stimme: *„Haben Sie auch gehört, dass die gestern Abend die Kham-Thien-Straße stark bombardiert haben? Das stimmt doch nicht, oder? Meine Eltern wohnen dort, wissen Sie! Es ist doch sicher nichts Schlimmes passiert, oder?"*
Er fragte so, als ob meine Antwort entscheiden würde, dass gestern Abend nichts Schreckliches mit seinen Eltern sowie mit der Kham-Thien-Straße passiert sei.
Der Luftangriff, den der junge Mann meinte, und den ich in der Nacht aus der Ferne gehört hatte, war der vom 26.12. 1972, später als Weihnachtsbombardement bekannt geworden. Damals kannte ich diesen Begriff noch nicht.

Dass das Wort *„Weihnachtsbombardement"* wegen jener Kombination von zwei nicht zu vereinbarenden Worten absurd klingt, konnte ich erst später verstehen, nachdem ich durch mein jahrelanges Leben in Deutschland allmählich ein Gefühl dafür entwickelte, welche Bedeutung das Weihnachtsfest für Menschen im Westen hat. Jeder normale Mensch, egal ob christlich gesinnt oder nicht, freut sich auf die Weihnachtsmärkte, die Bescherung, die Geschenke, die Familie, die Freunde sowie das gute Essen und nicht zuletzt die reichlichen Getränke.

In dieser Nacht töteten amerikanische B-52-Bomber mit ihren gefürchteten Bombenteppichen Tausende Menschen und zerstörten fast vollständig das große Krankenhaus Bach-Mai und den gesamten Kham-Thien-Stadtteil.

Jahre später erinnerten mich die Weihnachtstage immer noch an diesen Tag mit dem jungen Mann auf der Fähre über den Roten Fluss. Und jedes Mal wünschte ich ihm innerlich, dass seinen Eltern damals nichts Schlimmes passierte.

Rad in der Nacht

Das Gästehaus der Akademie der Wissenschaften der Deutschen Demokratischen Republik

Ankunft in Ost-Berlin, Hauptstadt der DDR

Es war Ende Februar 1979, als ich zum ersten Mal nach Ost-Berlin kam. Es war kalt, als die Interflug-Maschine in Schönefeld landete. Als wir, vier aus Vietnam zur Weiterbildung in die DDR delegierte Wissenschaftler, aus dem Flugzeug stiegen, merkte ich, dass ich leicht zitterte, aber nicht so sehr wegen der Kälte, sondern vielmehr wegen einer inneren, schwer zu beschreibenden Anspannung. Hinter mir lag nach einem achtzehnstündigen Flug um die halbe Welt meine Heimat Vietnam, wo erst vor Kurzem ein langer und brutaler Krieg zu Ende gegangen war. Man hatte noch kaum Zeit gehabt, um den seit Jahrzehnten ersehnten Frieden zu genießen und schon musste man sich vor einem neuen Krieg an der Grenze zu China fürchten; einem Krieg, der sich wie eine schwarze Wolke immer dichter und drohender am Horizont zusammenzog.

Ich aber bin nun hier!

Vor mir liegt Berlin, die Hauptstadt der DDR, ein Paradies in der Vorstellung vieler Vietnamesen.

Es ging dann alles ganz schnell. Nach einer kurzen Pass- und Zollkontrolle gelangten wir in den Warteraum des Flughafens, wo je ein Vertreter der Botschaft und der Akademie der Wissenschaften (AdW) der DDR, Dr. E., auf uns warteten. Ehrlich gesagt war ich wie geblendet von so viel Licht und Glanz in diesem Raum, von so vielen fremden, aber ganz freundlich wirkenden Menschen, von so vielen Autos auf dem Parkplatz vor dem Flughafen. Noch Jahre danach konnte ich wirklich nicht begreifen, warum ein Kollege im Institut, in dem ich dann arbeitete, den Flughafen Schönefeld als einen Dorfflughafen bezeichnete. Offensichtlich hatte er noch nie in seinem Leben einen Flughafen wie den bei Hanoi in jener Zeit erlebt.

Dr. E. fuhr uns mit seinem Wartburg ins Stadtzentrum. Er war sehr höflich. Da wir ihm während der Begrüßung am Flughafen nichts, außer *„Ja"*, *„Nein"* und jenem weltberühmten asiatischen Lächeln antworten konnten, hat er wohl schnell geahnt, dass wir entweder nach dem langen und anstrengenden Flug sehr müde waren oder noch sehr wenig Deutsch verstanden. Deswegen fuhren wir eine Weile nur schweigend. Ich saß neben ihm auf dem Beifahrersitz und mir wurde es langsam unbehaglich. Das ewige Lächeln, das uns zwar nicht intelligenter, doch netter machen sollte, half mir nicht mehr. Um das Schweigen zu brechen, nahm ich all meinen Mut zusammen und fragte: *„Sagen Sie bitte, stimmt es, dass Berlin während des Zweiten Weltkrieges sehr stark zerstört wurde?"*

Diesen Satz hatte ich oft während des Deutschunterrichts in Hanoi geübt und nun war es auch der erste komplette deutsche Satz, den ich in Berlin zu einem DDR-Kollegen, ausgesprochen habe. Ich sage bewusst zu einem *„DDR-Kollegen"* und nicht zu einem *„deutschen Kollegen".* Man hatte mir während meines dreimonatigen Deutschkurses in Vorbereitung auf meine Reise in die DDR mehrmals erzählt, dass sich Deutsche in der DDR angeblich nicht gerne als Deutsche, sondern lieber als DDR-Bürger bezeichnen würden. Dass dies ein Irrtum, allenfalls eine Teilwahrheit oder sogar eine Lüge war, habe ich wenig später verstanden, nachdem ich die Kollegen in meinem Institut etwas näher kennenlernte. Mein Vater, ein Sprachwissenschaftler, hatte wohl recht mit seinen Zweifeln am Erfolg der damaligen Politik der zwei deutschen Staaten, zwei deutschen Nationen, zwei deutschen Sprachen.

Dr. E. schien von meinem Geplapper sehr beeindruckt zu sein und fing an, zu reden. Beim Empfang des Institutsdirektors am nächsten Tag hatte er, auf mich deutend, dem Herrn Direktor sogar noch betont, dass ich gut Deutsch könne. Aber ehrlich gesagt, mit meinen sprachlichen Fähigkeiten war es damals nicht weit her und ich habe kaum etwas von dem verstanden, was er im Auto erzählt hatte.

Wir setzten einen von uns, einen Biologen, der am nächsten Tag noch weiter nach Jena fahren sollte, im Hotel Unter den Linden ab, das sich einst an der Kreuzung Unter den Linden und Friedrichstraße befand. Das Hotel kam mir damals schon großartig vor, aber die Straße Unten den Linden selbst hatte mich noch mehr beeindruckt. Jeder von uns, der fleißig Deutsch mit dem vom ehemaligen Herder-Institut in Leipzig herausgegebenen Lehrbuch *„Deutsch für Ausländer"* lernte, musste diese Straße eigentlich auswendig kennen. Es gab nämlich im Lehrbuch eine Lektion, in der man die Rolle einer DDR-Reiseführerin spielen sollte, die in einem Bus die Straße Unter den Linden entlangfuhr und dabei ausländischen Touristen die Sehenswürdigkeiten auf beiden Seiten der Straße erläuterte. Wir übten damit unsere Aussprache. Also, meine Damen und Herren, hier ist das Museum für Deutsche Geschichte, das Mahnmal, vor dem NVA-Soldaten kerzengerade stehen, die weltberühmte Humboldt-Universität, da ist das Brandenburger Tor, Wahrzeichen der Hauptstadt Berlin – der Stadt des Friedens, die Botschaft der UdSSR, die Komische Oper, die Staatsoper, usw. Ohne etwas von dieser unseren Deutsch-

Lektion zu ahnen, fuhr uns Dr. E. langsam in Richtung Brandenburger Tor, bevor er umdrehte. Die Beschreibung im Lehrbuch stimmte mit der Wirklichkeit schon sehr gut überein. Aber davon, dass man ungefähr dort, wo heutzutage das Hotel Adlon steht, umdrehen musste, stand im Lehrbuch kein Wort.

Das Gästehaus der Akademie, in dem ich untergebracht wurde, befand sich in der Zechliner Strasse 16, in einem Neubaugebiet Ost-Berlins in Hohenschönhausen. Später wird man solche Plattenbauten schrecklich finden. Für die damaligen Verhältnisse, insbesondere für viele von uns aus Vietnam, waren sie jedoch wunderschöne Häuser mit standardmäßig möblierten Wohnungen, einschließlich gut und großzügig ausgestatteten Bädern und Küchen. In so einem aus fast identisch gebauten Hochhäusern bestehendem Wohngebiet schien es alles zu geben, was man zum Leben brauchte. Das Gästehaus lag zwar nicht im Zentrum, war aber leicht zu erreichen durch günstige Verkehrsverbindungen. Busse und Straßenbahnen nahmen morgens fleißig die Massen von zur Arbeit eilenden „sozialistischen Werktätigen" auf und spuckten sie abends wieder aus. Standardmäßig gehörte zu jedem Wohngebiet neben einer Schule und einem Kindergarten noch ein

Komplex, wo eine HO-Kaufhalle, eine HO-Gaststätte, ein Postamt, ein Blumenladen, eine HO-Abteilung für Dienstleistungen und eventuell eine Diskothek eingerichtet waren, die wöchentlich zwei, drei Mal geöffnet wurde. (Auf dem Gelände, wo früher dieser Gebäudekomplex stand, steht nun das Allee-Center, in dem sich nach der Wende bekannte Shops wie Aldi, Douglas, McPaper, Gerry Weber u. ä. ansiedelten. Dennoch, wenn ich gelegentlich die Zechliner Straße entlangfahre und dann rechts in die Genslerstraße abbiege, habe ich fast immer den merkwürdigen Eindruck, dass sich hier – im Gegensatz zu Stadtteilen wie Mitte, Prenzlauer Berg, Wedding oder Pankow – nicht viel geändert hat. Als ob die Schatten der alten Zeiten wie die Schatten der Plattenbauten in der Gegen immer noch lang zu sein scheinen.)

Eine Szene, die ich vor unserer Kaufhalle oft beobachtete, war die mit den Kinderwagen. Mehrere Mütter gingen einkaufen und ließen ihren Babys einfach so in den Kinderwagen vor dem Kaufhalleneingang stehen. Manchmal war es richtig lustig, weil die Babys in einer Reihe von Wagen fast ein kleines Orchester bildeten; eines weinte, ein anderes schrie, sang oder lachte. Viele Frauen sahen das nicht so; ich aber fand diese Szene irgendwie schön, sie wärmte mein Herz und gab mir so etwas wie Vertrauen und Sicherheit.

Die Gäste im Gästehaus der Akademie waren Wissenschaftler aller Fachrichtungen, Chemiker, Biologen, Physiker, Mathematiker, Historiker …, aus unterschiedlichen Ländern, wie der damaligen Sowjetunion, Vietnam, der Mongolei, später auch noch aus Nordkorea. Sie kamen im Rahmen der akademischen Zusammenarbeit zwischen ihren Heimatländern und der DDR nach Berlin, um zu arbeiten oder auch um sich weiter zu qualifizieren, wie man damals sagte. Man wohnte entweder zu zweit oder zu dritt in einer Wohnung, jeder hatte ein eigenes Zimmer. Da Fernsehapparate damals noch selten waren, gab es im Erdgeschoss einen Klubraum, wo man sich abends treffen und fernsehen konnte. Ein Privileg, das man uns nicht verbieten konnte, bestand darin, dass wir nicht nur die Ost-Sender DDR-1 oder DDR-2, sondern auch die aus dem Westen, ARD bzw. ZDF, empfangen konnten.

Obwohl wir fürs Wohnen im Gästehaus nichts zahlen mussten, funktionierte das Gästehaus trotzdem wie ein kleines Hotel. Jeden Tag wurden die Zimmer von freundlichen und netten Putzfrauen sauber gemacht, einmal in der Woche wurden die Bettwäsche und Handtücher gewechselt. Mir war das nicht so ganz klar, aber manche behaupteten, man hätte uns damit ständig unter Kontrolle. Vielleicht wusste der Hausmeister, der sein Büro im

Erdgeschoss direkt am Eingang hatte und mit seiner Familie im gleichen Haus auf der obersten Etage wohnte, deshalb so gut über unser Privatleben im Gästehaus Bescheid. Also, was du gern isst, was du trinkst, wie du riechst, was du liest, was du kaufst, wen du als Gast hast, wie oft er (oder sie) dich besucht oder ob dein Besuch unangemeldet bei dir übernachtet.

Hierbei gab es auch einige Missverständnisse.

Wir Vietnamesen essen nämlich gern warm, morgens, mittags und abends. Es wurde deswegen sehr oft bei uns im Gästehaus gekocht, und zwar in einer Art, die dem Personal des Gästehauses nicht immer gefiel. Selbst zu kochen schmeckte uns einfach besser. Auf diese Kocherei war aber auch zurückzuführen, dass es in den Wohnungen der vietnamesischen Gäste oft „komisch" gerochen hat. Später wird Wladimir Kaminer, ein in Berlin lebender russischer Schriftsteller, in seinem Buch „Schönhauser Allee" schreiben, dass ihm bei diesen exotischen Gerüchen immer frittierter Hund mit Ananas in den Sinn kam – was mich immer wieder zum Schmunzeln bringt! Selbst zu kochen war aber auch sparsamer. Man redete so häufig über die Sparsamkeit der Deutschen, aber ich vermute, nur deswegen, weil man die der Vietnamesen damals einfach noch nicht kannte. Oft war sie so übertrieben, dass es nicht mehr gesunde Sparsamkeit, sondern schon krankhafter Geiz war. Er lag bei uns im Blut, floss von Generation zu Generation, bildete die Grundlage des vietnamesischen Wesens, beherrschte seit Jahrtausenden die Wirtschaft, Politik, Kultur, Moral unserer Nation. Der Unterschied zwischen der deutschen und vietnamesischen Sparsamkeit besteht möglicherweise darin, dass man in Deutschland sowohl aus rationalen als auch aus rationellen Gründen sparsam ist, während man in Vietnam durch die Armut zur Sparsamkeit gezwungen wurde. Dies erklärt vielleicht, warum wir Vietnamesen so schnell derart verschwenderisch geworden sind, nachdem sich unser Leben durch den nicht aufzuhaltenden Einmarsch der Markwirtschaft ein bisschen zu verbessern scheint.

Und, weil es damals in der DDR noch keine Glasnudeln, getrocknete asiatische Pilze, Reispapier oder Fischsoße zu kaufen gab, ohne die das Essen für einen Vietnamesen kein richtiges Essen mehr wäre, versuchte man diese Sachen mühsam aus dem heimatlichen Vietnam mithilfe der Interflug in die DDR zu schmuggeln. Vielleicht hat man damit eine neue Globalisierungswelle von Kakerlaken in die Wege geleitet. Diese gemeinen Küchenschaben legten heimlich ihre Eier, wer wusste schon wann und wie, in diese unsere Mitbringsel aus der Heimat, schlüpften durch die strenge Zollkontrolle am Flughafen Schönefeld, um dann ganz gemächlich in den gemütlichen Küchenräumen des Akademie-Gästehauses auszuschlüpfen und sich rasant zu vermehren. Es stimmt einfach nicht, dass alles was aus Vietnam kommt, Menschen, Tiere, Pflanzen, Früchte, klein ist. Auf keinen Fall! Im Vergleich zu deutschen Kakerlaken sind Kakerlaken aus Vietnam sehr groß. Es ist zwar nicht bekannt, ob sich die vietnamesischen mit den deutschen Küchenschaben kreuzen konnten, auf jeden Fall waren die im Gästehaus aber ungewöhnlich groß, hartnäckig, und weil sie unter Akademikern waren, waren sie womöglich deswegen auch noch sehr intelligent und besonders schlau.

Meine Mutter hat eine tierische Angst vor Kakerlaken. Als ich früher ab und zu aussichtslose Versuche für sie unternehmen musste, Kakerlaken in unserer Küche zu beseitigen, saß sie immer verängstigt in einer Ecke und erzählte mir leise, Maxim Gorki habe irgendwo geschrieben, dass die Menschen und alle Tiere von Gott erschaffen und kreiert worden seien. Nur die Kakerlaken nicht!

Man bekam damals als vietnamesischer Gast-Wissenschaftler an der AdW der DDR monatlich zwischen 600 und 900 Mark. Es hing davon ab, ob man schon promoviert war. Obendrein erhielt jeder Neuankömmling 400 Mark, um warme Winterkleidung zu kaufen. Heutzutage macht man sich vielleicht nicht zu Unrecht darüber lustig, dass die DDR eine Mangelwirtschaft war, die nicht in der Lage war, genug Konsumwaren anzubieten. Manche werden gar behaupten, das Angebot in den Kaufhallen sei damals schrecklich armselig und einseitig gewesen. Es gab kaum Gemüse, kein richtiges Obst, keine Bananen, keine guten Weine, außer ungarischem Cabernet oder furchtbar süßem bulgarischen Kadarka, keinen Schinken, wenig Fleisch und keine Zigaretten, außer diesen einfachen Sorten wie Kabinett, Karo, Club, Duett, Juwel usw. Doch für uns aus Vietnam, wo normale staatliche Angestellte monatlich im Durchschnitt nicht mal 100 Mark verdienten und pro Kopf ungefähr 13kg Reis, 500g Fleisch, 250g Zucker und 500ml Fischsoße im Monat zugeteilt bekamen, waren die HO-Kaufhallen oder Centrum-Warenhäuser am Alexanderplatz, am Anton-Saefkow-Platz oder dem früheren Berliner Hauptbahnhof (der heutige Ostbahnhof) das Paradies auf Erden. Hier durften wir ohne Zuteilungsmarken und ohne jede Beschränkung Reis, Fleisch, Bier und andere Sachen kaufen, von denen wir in unserer Heimat nicht einmal zu träumen wagten – und zwar so viel wir nur tragen konnten. Mit unserem Gehalt von der Akademie, das uns im Vergleich zu unseren Gehältern zu Hause ungeheuer hoch vorkam, versuchten wir daher so viel wie möglich anzuschaffen. Dies galt seltsamerweise auch für die Gäste aus Polen, Bulgarien, Rumänien, der Sowjetunion, der Mongolei und später auch noch für die aus Nordkorea, wo der sozialistische Lebensstandard laut der gängigen Propaganda eigentlich viel höher als bei uns in Vietnam sein sollte.

Besonders begehrt waren Mifa-Fahrräder, Simson-Mopeds, umgangssprachlich Mokick genannt, alte Nähmaschinen, mit künstlichem Pelz gefütterte Anoraks, allerlei Klamotten und Kinderkleidung, die man in den fast überall in der Stadt zu findenden An- und Verkaufs-Läden kaufen konnte. Außerdem gab es da noch Strickwolle, Seife, Hautcreme-, Glutamat-, Kakao- und Milchpulverdosen usw. Niemals werde ich vergessen, wie glücklich ich darüber war, dass ich meinem damals einjährigen Sohn ab und zu Milchpulver *„Milasan"* aus DDR-Produktion nach Hanoi schicken konnte. Dass er heutzutage so groß, kräftig, klug und selbstbewusst geworden ist, verdankt er sicherlich nicht zuletzt dieser zusätzlichen Ration Milch. Sonst durfte seine Mutter für ihn mit einer für Säuglinge ausgestellten Zuteilungskarte, falls ich mich richtig erinnern kann, monatlich höchstens zwei Dosen Kondensmilch sowjetischer Herkunft kaufen.

Unsere Zimmer im Gästehaus rochen aus diesem Grund nicht nur „komisch", sie sahen nicht selten auch aus wie kleine Läden, vollgestopft mit dem ganzen Kram, den man während seines Aufenthaltes fleißig angesammelt hatte. Abends oder am Wochenende konnte man beim Reinschauen sogar den Eindruck gewinnen, dass sie Werkstätten wären, wo mit aller Mühe und Tricks die angeschafften Fahrräder und Mopeds geschickt auseinander montiert wurden, um sie für den Transport nach Vietnam zu verpacken. Dies war eine echte Kunst! Ein in billige Bettdecken verpacktes Fahrrad sah nachher nicht viel anders aus als ein Kontrabass, den man als Gepäck mit in die Interflug-Maschine mitnehmen oder per Luftpost nach Hause verschicken konnte. Mopeds wurden ebenfalls zerlegt, um Platz zu sparen. So wurden sie zusammen mit allem möglichen Trödel in speziell dafür gebaute Kisten verpackt. In Vietnam gab es wiederum eine Reihe von Geschäften, die sich darauf spezialisiert hatten, die derart nach Vietnam transportierten Fahrzeuge wieder fachmännisch zusammenzubauen.

Eine Kiste nach Vietnam! Dies war meines Wissens ursprünglich ein Privileg der Anfang der 80er Jahre aus Vietnam in die DDR zur Arbeit entsandten Vertragsarbeiter. Dem Vernehmen nach war zwischen den Regierungen der DDR und der SRV[13] vereinbart worden, dass jeder Arbeiter nach Abschluss seines Arbeitsvertrages eine oder zwei kleine Holzkisten von Rostock nach Haiphong verschiffen lassen durfte; beladen mit Waren aus der DDR, die man mit dem hart verdienten Geld angeschafft hatte. Erst viel später durften dies auch wir Akademiker, das heißt in die DDR delegierte Wissenschaftler, Doktoranden oder Studenten. Mit der ständig steigenden Zahl von Vietnamesen, ob Gastarbeiter oder Akademiker, die seit Beginn der 80er Jahren fast in jeder Ecke des Landes zu treffen waren, war schließlich das passiert, was zu erwarten war: Fahrräder wurden knapp; Mopeds waren kaum mehr zu finden, von Nähmaschinen, gefütterten Anoraks oder ORWO-Fotopapier gar nicht zu reden. Ein alleinlebender DDR-Kollege im Institut machte mir mal ein halb scherzhaftes,

---

[13] Seit der vietnamesischen Wiedervereinigung 1976 heißt das Land offiziell Sozialistische Republik Vietnam, kurz SRV

halb ernst gemeintes Angebot: Ich solle ihn mit einer Vietnamesin bekannt machen und er werde mir die uralte Singer-Nähmaschine seiner Mutter besorgen! Es ist mir jedoch keine Statistik bekannt, die handfest belegen würde, dass Vietnamesen die Kaufhäuser und HO-Geschäfte der DDR leergefegt und die mit allen Sorten von Kleidungstücken beladenen Kisten die Republik arm gemacht haben sollten. Es konnte doch nicht sein. Damals gehörte die DDR doch offiziell zu den zehn am meisten entwickelten Industrieländern der Welt!

Wie gesagt, ein Moped oder ein Fahrrad auseinanderzunehmen und einzupacken, war eine wahre Kunst. Kollateralschäden solcher Aktionen waren aber Dreck und Ölflecken auf Teppich, Sofa und Bett sowie ein Chaos, ein totales Durcheinander, das in den Zimmern der vietnamesischen Gäste allzu häufig zu beobachten war. Dies verstieß natürlich gegen alle Regeln der deutschen Ordnung und Sauberkeit und trieb die armen Putzfrauen manchmal zum Wahnsinn.

Sie konnten sich schwer vorstellen, dass der Sinn eines DDR-Aufenthaltes für die meisten von uns nicht so sehr in einer wissenschaftlichen Ausbildung oder in einer akademischen Qualifikation bestand, sondern vielmehr in der Bildung eines (nach damaligen vietnamesischen Verhältnissen) kleinen

Vermögens. Schließlich verkaufte man diese nach Hause transportierten Waren meist mit einem satten Gewinn weiter. Aus den erzielten Gewinnen entstanden damals Häuser und Geschäfte, wurden Hochzeiten organisiert, Grundstücke gekauft und weiß der liebe Gott oder Buddha, was sonst noch! Darüber hinaus warteten zu Hause, in deiner Heimat, nicht nur deine Familie, Frau, Mann, Kinder und deine Eltern, sondern auch deine Freunde, Kollegen, deine Chefs auf deinen in kurzer Zeit erworbenen „Reichtum", auf deine als obligatorisch betrachteten Geschenke. Denjenigen, die es nicht geschafft hatten, neben ihrer Diplom- oder Promotionsurkunde auch noch mindestens ein Fahrrad oder gar ein Moped und dazu noch ein paar Florena-Hautcremedosen als Geschenk für die Ehefrauen ihrer Chefs nach Vietnam mitzubringen, diesen Versagern, drohten nicht nur richtige familiäre Tragödien, sondern häufig auch unvermeidbare Konflikte mit ihren Vorgesetzten.

Ich weiß nicht, wie es bei den Vertragsarbeitern funktionierte. Bei den Akademikern im Gästehaus der Akademie war ich aber davon überzeugt, dass, je größer eine Kiste, je größer die Handels- und Spekulationsfähigkeiten ihrer Besitzerin oder ihres Besitzer waren, desto geringer waren die während des Aufenthaltes erworbenen Fachkenntnisse. Wenn die Natur, wie Galileo Galilei meinte, durch die Sprache der Mathematik beschrieben werden sollte, könnte man hier von umgekehrt proportionalen Korrelationen sprechen. Ich kannte dort eine Germanistin, die es einerseits in kurzer Zeit geschafft hatte, in eine riesige Kiste unzählige Ersatzteile für Fahrräder und Mopeds zu stopfen, andererseits aber nicht so genau wusste, welche Rolle Thomas Mann in der deutschen Literatur gespielt hatte.

Oder einen jungen Archäologen, der praktisch keine Ahnung davon hatte, warum man mit Isotopen des Kohlenstoffs das Alter eines alten Gegenstands bestimmen kann, der aber durchaus in der Lage war, große Mengen von Fotopapier nach Hanoi zu transportieren. Es liegt doch auf der Hand: Je größer die Kiste war, desto mehr musste man Geld (woher auch immer) und natürlich auch Zeit investieren, um nicht nur Berlin, sondern auch andere große Städte zu durchkämmen. Zeit, um in der ganzen Republik herumzufahren, sogar bis nach Warschau, Prag oder Moskau, um alle möglichen Warenhäuser zu durchsuchen, zu handeln, Bekanntschaften zu knüpfen und zu kaufen, was man nur kriegen konnte. Verständlicherweise blieben da nur noch wenig Zeit und Kraft fürs Labor, für die Bibliothek oder für wissenschaftliche Seminare, Besprechungen oder Vorlesungen.

Dies war allerdings nur der erste Teil der tragischen Komödie. Der zweite Teil folgte zu Hause, wenn diese Damen und Herren entsprechend der Größe sowie des Inhalts ihrer Kisten zu führenden Experten ihrer Fachgebiete aufsteigen und die Entwicklung der Wissenschaft und Technik des Landes entscheidend beeinflussen würden.

Gästehaus der Akademie der Wissenschaften der DDR, Zimmer eines vietnamesischen Gastes

Die Putzfrauen im Gästehaus und ihr Chef, der Hausmeister, konnten auch kaum begreifen, warum wir so häufig Besuche hatten, oftmals von irgendwelchen Brüdern, Schwestern, Onkeln oder Tanten. *„Seid ihr Vietnamesen etwa alle Schwestern und Brüder?"*, fragten sie. Und, wenn wir Besuch hatten, dann wurde ja noch mehr gekocht, gegessen, getrunken, und blieb der Gast übers Wochenende, dann übernachtete er natürlich auch bei uns. Für die meisten von uns war es wiederum schwer zu verstehen, wie man abends nur kalt essen kann, wieso Besuche gemeldet werden mussten und Übernachtungen von Fremden in unseren Zimmern untersagt waren. Soviel ich weiß, waren aus diesem scheinbar kleinen Problem um die Besuchsordnung in den 80er Jahren, als scharenweise junge Vietnamesen als Gastarbeiter in die DDR kamen, manchmal sehr ernste Konflikte zwischen den Arbeitern und dem Personal einiger Arbeiterwohnheime entstanden.

Das war noch jene Zeit, als das Gemeinschaftsgefühl bei nicht wenigen von uns Vietnamesen, warum auch immer, sehr stark zu sein schien. Einer Legende nach soll dieses Gefühl aus Jahrtausenden vietnamesischer Geschichte stammen, es ist tief im Denken, im Glauben, in der Sprache verwurzelt. Es gab uns einen schwer zu beschreibendem Zusammenhalt, ja, eine familiäre Verbundenheit, es schafft geistige wie körperliche Nähe und gab uns das Gefühl, als seien wir tatsächlich Brüder, Schwestern oder Cousins einer großen Familie. Es stimmt wirklich, dass bis heute nicht nur Kinder, sondern auch Erwachsene, ob aus dem Norden oder Süden stammend, einschließlich namhafter Wissenschaftler, Künstler oder hochrangige Politiker, noch immer daran glauben (oder zumindest vorgeben zu glauben), wir Vietnamesen wären alle Kinder gleicher Eltern oder Ho Chi Minh wäre der Vater aller Vietnamesen. Einer unter mehreren Mythen, die im heutigen Vietnam zunehmend politisch instrumentalisiert werden.

Es war nachzuvollziehen, dass diese Gefühle noch stärker wurden, als wir im Ausland, weit weg von Zuhause unter Fremden waren. Dazu kam noch die Tatsache, dass wir bis zum Beginn der 80er Jahre, trotz aller Sonntagsreden über den Internationalismus und das enge Verhältnis zwischen den Völkern zweier sozialistischer Brüderländer – der DRV bzw. später der SRV und der DDR – offiziell keinen privaten Kontakt zu DDR-Bürgern haben durften. War man doch von DDR-Kollegen oder Freunden zu einem privaten Besuch nach Hause eingeladen worden, musste man absurderweise entsprechend der Anweisungen der vietnamesischen Botschaft immer noch einen zusätzlichen vietnamesischen Gast zum Besuch mitnehmen, egal ob er dem Gastgeber bekannt war oder nicht. Einen Zeugen für sein ordnungsgemäßes Verhalten brauchte man bei solchen Besuchen immer!

Dazu muss auch ergänzt werden, dass das Verbot von privaten und freundschaftlichen Beziehungen nicht nur zu DDR-Bürgern und -Bürgerinnen bestand, sondern auch zu Gästen aus anderen sozialistischen Ländern. Wehe, wer so naiv war, an die Völkerfreundschaft zu glauben und sich nicht an diese Ordnung hielt! Auf ihn warteten, wenn er nicht gerade Sohn, Tochter, Neffe oder naher Verwandter eines Politbüro- oder ZK-Mitgliedes war, schwere disziplinarische Konsequenzen.

Von wegen Internationalismus und sozialistische Brüderlichkeit!

Man blieb also meistens unter sich. Man fuhr so oft wie möglich hin und her durch die Republik, um sich gegenseitig zu besuchen, miteinander Zeit zu verbringen, zu quatschen, zu essen, zu trinken. Kategorisch verboten waren allerdings die physische Liebe und Filme kapitalistischer Länder, also die aus dem Westen, anzugucken! Wer dabei erwischt wurde, oder sogar nur in Verdacht geriet, dies zu tun, wurde wie ein Verbrecher, manchmal sogar mit Eskorte, nach Hause expediert. Man machte sich eben große Sorgen um unsere Moral! Als sich 1979 die Tochter des damaligen

Generalsekretärs des ZK der KPV in der Sowjetunion in einen sowjetischen Professor verliebte und ihn dann auch heiratete, wurde diese Moralregel zwar nach und nach stillschweigend gelockert, trotzdem drohte Frauen – Gastarbeiterinnen, Studentinnen und Wissenschaftlerinnen gleichermaßen – die während des Aufenthaltes in der DDR schwanger geworden waren, fast immer die sofortige Abschiebung. Ich weiß bis heute nicht, ob dies von der vietnamesischen oder von der DDR-Regierung, oder von beiden, angeordnet worden war.

Heutzutage darf eine schwangere Frau nicht abgeschoben werden! Die Zeiten ändern sich, wie man zu sagen pflegt.

An eine kleine, aber bittere Geschichte kann ich mich noch gut erinnern. Eines Tages veröffentlichte eine FDJ-Zeitschrift die kurze Geschichte eines vietnamesischen Studenten, der, glaube ich, an der Technischen Hochschule Magdeburg studierte. Der Student erzählte, er habe sich in eine deutsche Studentin verliebt. Sie sei sehr freundlich zu ihm gewesen und habe ihn auch gern. Ihre Liebe wurde aber von den Familien, den Freunden und Bekannten beider Seiten abgelehnt. Er komme ja aus einem völlig fremden Land, spreche kaum Deutsch, sehe so klein, so gelb, so hässlich aus, sagten die einen. Du bist ja verrückt, meinten die anderen, sie sei doch eine Deutsche, sie könne dich doch nicht so lieben, verwöhnen, dir dienen, wie ein nettes Mädchen aus Vietnam, sie könne dir doch nichts kochen, sie könne ja nicht einmal richtig grünen Tee für dich und deine Gäste kochen, sich um deine Eltern kümmern, alles das, was in Vietnam Pflicht einer Schwiegertochter ist. Wer so eine liebt, begeht schlicht und einfach Verrat. Die vietnamesische Studentengruppe an seiner Hochschule hatte ihn mehrmals hart wegen seines unmoralischen Verhaltens kritisiert anlässlich der Versammlungen der vietnamesischen Studenten, an denen auch Vertreter der Botschaft teilnahmen. Die Botschaft hat ihn mehrmals schriftlich ermahnt. Der Druck war schließlich so groß, dass das Paar ihn nicht mehr ertragen konnte und sich trennte. Traurig, verbittert und enttäuscht hatte der junge Student seine ganze Liebesgeschichte aufgeschrieben und der FDJ-Zeitschrift zur Veröffentlichung geschickt. Die Botschaft war außer sich. Wie konnte es sich dieser verräterische Hundesohn nur erlauben, interne Angelegenheiten öffentlich preiszugeben! Damit hatte er ja nicht nur das Ansehen der Botschaft beschmutzt und seine Landsleute beleidigt, sondern auch noch der Freundschaft zwischen der DDR und der SRV großen Schaden zugefügt. Gegen den armen Studenten wurde ein Disziplinarverfahren eingeleitet. Wie nicht anders zu erwarten, wurde er sofort in die Heimat abgeschoben. Am

Flughafen Schönefeld küsste sich das Paar noch einmal liebevoll und umarmte sich weinend unter den wütenden Augen des vietnamesischen Kulturattachés, der den abgeschobenen Studenten eskortieren sollte. Es gab Gerüchte, dass der arme Kerl bei seiner Ankunft auf dem Hanoier Flughafen von der Volkspolizei wie ein schwerer Verbrecher in Gewahrsam genommen worden sei.

Apropos Kulturattaché!

Damals gehörte alles, was mit Kultur, Wissenschaft, Technik und Hochschulwesen sowie dem akademischen Austausch zu tun hatte, zum Ressort einer internen Abteilung der Botschaft, für die sie zusammen mit einem Vertreter des vietnamesischen Hochschulministeriums verantwortlich war. Während diejenigen, die in der DDR studierten, ein Praktikum absolvierten oder einen Beruf erlernten, in den Machtbereich des Ministeriumsvertreters fielen, hatten wir, die Gäste der AdW der DDR sowie die Doktoranden und Diplomanden an den Universitäten und Hochschulen der DDR, mit dem Kulturattaché persönlich zu tun. Er war ein kleiner Mann. Körperlich sind wir Vietnamesen meistens schon klein, er aber war noch ein Stück kleiner. Vielleicht redete er deswegen auch sehr gern, viel, energisch und wichtigtuerisch. Oft hatte er einen langen, dunkelblauen

Mantel an und trug fast ständig einen Filzhut. Der Mantel schien zu groß für ihn zu sein und machte ihn daher noch kleiner. Er sei ein Diplomat, meinte er, und ein Diplomat solle eben einen Mantel und einen Filzhut tragen.

Ob angenehm oder nicht, sprechen mussten wir mit ihm, das war Pflicht; wenn auch nicht so oft wie unsere nordkoreanischen Kollegen. Mindestens einmal alle zwei Monate mussten wir im Botschaftsgebäude, Hermann-Duncker-Str. 125 in Berlin-Karlshorst, antanzen und ihm über unsere Arbeit berichten.

Später fuhr ich jahrelang auf meinem Weg zur Arbeit täglich an diesem Gebäude in der jetzigen Treskowallee vorbei. Nach einer langen und gründlichen Sanierung ist es nun ein Wohnhaus geworden. Am Fenster des damaligen Kulturattaché-Büros hängt ein Ballon in Form eines großen Zahns; offensichtlich ist dort jetzt eine Zahnarztpraxis. Die Zeiten! Sie ändern sich, möchte man vielleicht wieder meinen.

Der Kulturattaché notierte all das, was wir berichteten sehr sorgfältig. Wofür die Berichte gut waren und wohin sie weitergeleitet wurden, darüber konnten wir nur spekulieren. Pflichtbewusst befragte er uns dann über dies und das, erinnerte uns an unsere Aufgabe, fleißig zu arbeiten und zu lernen und an unsere Verantwortung vor der Partei, vor

Onkel Ho, vor dem Vaterland und dem vietnamesischen Volk. Schließlich belehrte uns noch über das gute Benehmen während unseres Aufenthalts in der DDR, sich keine verbotenen Filme aus kapitalistischen Ländern anzusehen, keine Zeitschriften mit Aktbildern zu kaufen oder zu sammeln, auf keinen Fall an die FKK-Strände zu gehen und keine privaten Kontakte mit DDR-Bürgern zu haben, die, na ja, zwar sozialistisch und antiimperialistisch gesinnt seien aber moralisch doch eher bedenklich, um nicht zu sagen, dekadent. Insbesondere DDR-Frauen seien für uns eine große Gefahr; sie liefen so schamlos fast nackt herum, küssten sich freizügig mit Männern auf der Straße und ließen sich von ihren Männern scheiden, wann immer sie wollten.

Der Kulturattaché war im Grunde genommen hilfsbereit und wusste in Vielem sehr gut Bescheid. Er hatte zwar keine Ahnung, was wir im Berliner Pergamonmuseum sehen konnten, welche Kulturdenkmäler wir in Potsdam, Leipzig, Dresden, Gotha, Erfurt oder Weimar besuchen sollten, aber er konnte hervorragende Tipps geben, wo Fahrräder, Mopeds, Nähmaschinen oder Kinderkleidung zu kaufen waren.

Wie überaus nützlich diese Hinweise des Kulturattachés waren, mussten diejenigen erfahren, die sich anstatt Fahrräder, Mopeds oder Ähnliches zu besorgen und nach

Hause zu schaffen, Exemplare der schwer zu bekommenden Zeitschrift *„Magazin"* mit Fotos nackter Frauen oder ein paar Postkarten mit Rodins *„Der ewige Frühling"* oder Reproduktionen von Manets *„Olympia"*, Tizians *„Danaë"* oder Giorgiones *„schlummernder Venus"* erwarben, die natürlich sofort am Hanoier Flughafen von der so genannten *„Kulturpolizei"* als *„Pornos"* beschlagnahmt und, wie man behauptete, vernichtet wurden. Tja, hätte man mal lieber auf den Kulturattaché gehört und mit Mopeds oder Nähmaschinen den Lieben in der Heimat eine wirkliche Freude bereitet.

Sein Verständnis von Kultur teilte er mit den meisten Mitgliedern der regierenden Elite Vietnams. Hierzu fällt mir ein Witz ein, der damals unter vietnamesischen Studenten in der DDR kursierte: Auf einer Tagung des laotischen Ministerrats stellt der Minister für das Verkehrswesen den Antrag, ein neues Ministerium für Seefahrt zu gründen. Seine Kollegen im Ministerrat waren erstaunt, wofür denn das, wir haben doch keinen Zugang zum Meer. *„Warum denn nicht?"*, war die Antwort, *„in Vietnam hat die Regierung doch auch ein Ministerium für Kultur. "*

Trotz aller Missverständnisse war die Beziehung zwischen uns und dem Personal des Gästehauses eigentlich sehr freundschaftlich. Wir fanden immer irgendeine passende Gelegenheit, wie z.B. Nationalfeiertage, Geburtstage oder auch Abschiede, um gemeinsam zu feiern. Es war fast Tradition geworden, dass wir sie und die Vertreter der Abteilung für internationale Beziehungen der Akademie anlässlich des Tet-Festes – also des vietnamesischen Neujahrfestes – zum Feiern einluden. Dabei wurde die Freundschaft beider Völker mit nicht wenig *„Goldbrand"* (einem DDR-Weinbrand) und *„Lua Moi"* (einem vietnamesischen Reisschnaps) begossen.

Zwei Seiten der Medaille

Wer von uns, einschließlich mancher der eingeladenen DDR-Kollegen, hatte damals schon eine Ahnung, dass nur ein paar Schritte weiter, im Stasigefängnis in der Genslerstraße 66, die Häftlinge im Keller seelisch und körperlich gefoltert wurden. Es ist bis heute schwer zu fassen, dass die Gegensätze des DDR-Alltages so dicht nebeneinander existieren konnten: einerseits ein scheinbar friedliches, gemütliches und glückliches Leben und andererseits eine grausame politische Unterdrückung.

Eine Lehre, die man daraus ziehen könnte, schien zu sein, Gefangene so weit wie möglich von Wohngebieten entfernt einzusperren. Auch hier ist die SRV, das damalige Bruderland der DDR, ein wegweisendes Beispiel! Man hat nach dem Untergang des von der UdSSR geführten *„Sozialistischen Systems"* kurzerhand das einst im Zentrum der vietnamesischen Hauptstadt gelegene Gefängnis Hoa Lo *(„Feuerofen")* geschlossen und seine Insassen weit in die nördlichen Gebirgsregionen verlegt. In Hoa Lo wurden unter französischer Herrschaft Widerstandskämpfer, dann unter dem sozialistischen Regime politische Gegner und Kriminelle, später aber auch US-Piloten wie John McCain festgehalten. Oder man macht es wie die USA, der frühere Erzfeind der DDR und der SRV. Sie unterhielt bzw. unterhält Gefangenenlager in Guantanamo oder Polen!

Einige frühere Regimegegner, Bürgerrechtler oder Historiker bezeichnen die DDR als das langweiligste Land der Welt. Eine solche Aussage setzt aber einen Vergleich voraus, den wir aus dem damaligem Vietnam nicht haben konnten. Tag für Tag gingen wir morgens aus dem Haus, begaben uns in die Masse von Menschen auf den Straßen, an den Haltestellen, in den Bussen, in den Wagen der Straßen-, S- oder U-Bahn, eilten zu unseren Instituten, zur Uni oder den Hochschulen, wo wir arbeiteten und studierten. Nach Feierabend ging es wieder zurück, man kaufte ein, stellte sich unterwegs geduldig irgendwo an, zum Beispiel, um Blumen zum Frauentag am 8. März zu holen oder um noch irgendetwas anderes zu erstehen. In den Zimmern kochten wir was zum Essen und dann sahen wir fern: Sandmännchen, Aktuelle Kamera, Schwarzer Kanal, Fernsehballett ... Kaum jemand verließ abends noch das Gästehaus. Meist waren die Straßen abends auch leer. Man blieb irgendwie lieber zu Hause, unter sich in der Familie, in den eigenen vier Wänden. Eben eine Nischengesellschaft. Tag für Tag.

Erst am Wochenende, es hing natürlich vom Wetter ab, verließen wir das Gästehaus; Alex, Weltzeituhr, Fernsehturm, Neptunbrunnen, Unter den Linden, Palast der Republik, Museumsinsel, Müggelsee, Volkspark Friedrichshain, Tierpark, Plänterwald, Treptower Park, ab und an auch ins Kino, International, Kosmos, Babylon, ins Theater, Schauspielhaus, Berliner Ensemble, Friedrichstadt-palast, Theater im Palast der Republik oder mit der S-Bahn nach Potsdam, Sanssouci, Cecilienhof, wenn wir nicht gerade Lust hatten, nach Leipzig, Halle, Magdeburg, Dresden oder Rostock zu unseren Freunden, Brüdern, Schwestern zu fahren. Wochenende für Wochenende. Fast genau wie im Lehrbuch „Deutsch für Ausländer" traf man überall in der Stadt glücklich aussehende DDR-Bürger, sozialistische Werktätige also, dort Familie Lehmann mit ihren Kindern, hier Herr und Frau Schmidt, Fräulein Karin beim Spazierengehen, beim

Singen, bei einer lebhaften Diskussion über den sozialistischen Wettbewerb in ihrem Betrieb. Und weil dies alles wie in jener Scheinwelt des Lehrbuchs aussah, schien es so, als ob Woche für Woche die gleichen Menschen mit den gleichen Gesichtern immer wieder die gleichen Gespräche führten und immer wieder die gleichen Szenen zu sehen wären. Bill Murray im Film „*Und täglich grüßt das Murmeltier*" ließ wahrscheinlich grüßen.

Trotz der Mauer sahen die Leute in der DDR damals für meine Augen aber doch irgendwie glücklich, frei und herzlich aus. In meinen teils unerfahrenen, teils durch so eine durchaus harmonische, friedliche, glückliche, paradiesische Fassade des DDR-Alltages geblendeten Augen gab es wenig sichtbare Zeichen der Langweile, der Unzufriedenheit, der Frustration oder Enttäuschung. Es schien doch nicht so wie bei uns in Vietnam zu sein, wo zu den Demonstrationen anlässlich des 1. Mai, des Nationalfeiertages am 2.°September, der Großen Russischen Oktoberrevolution am 7.°November oder zur Begrüßung irgendeines hohen Gastes aus sozialistischen Brüderländern, alle Betriebe, Institute, Schulen, Universitäten die Order erhielten, so und so viel Leute bereitzustellen, die sauber, ordentlich und schön angezogen, fröhliche und glückliche Gesichter zu zeigen hatten. Es schien auch nicht so wie bei uns in Vietnam zu sein, wo Leute – trotz der sogenannten Befreiung des Südens im Jahre 1975, trotz des seit Jahrzehnten so heiß ersehnten Friedens – scharenweise das Land verließen und damit einen dramatischen Exodus einleiteten, der unter den Begriff „Boatpeople" in die Geschichte eingehen sollte.

Als ich damals mit meinen Kollegen am 1. Mai in der Karl-Marx-Allee an der Tribüne mit den führenden Politikern der SED vorbeimarschierte, hatte ich noch keine Ahnung, was an dieser Stelle am 17. Juni 1953 passiert war. Und, als ich mich am Pfingstfest 1979 auf dem Alexanderplatz zwischen Tausenden von hübschen, fröhlichen und glücklichen Jugendlichen in Blau befand, war mir überhaupt nicht bewusst, dass es vor zwei Jahren genau auf diesem Platz auch schon blutige Auseinandersetzungen mit Toten und Verletzten gegeben hatte. Abgesehen davon, dass mein Deutsch noch nicht so gut war, um die kurzen, selektierten Nachrichten in den Zeitungen, im Radio oder Fernsehen komplett und richtig zu verstehen, hatte ich immer den Eindruck, dass man in der DDR sehr schweigsam war. Man redete einfach nicht viel, nicht nur gar nichts über die Mauer, sondern auch nicht über die Politik, über die Partei oder führende Politiker. Daher konnte und durfte ich auch nicht wissen, dass zwischen 1975 und 1980 jedes Jahr viele

Menschen die DDR verließen, dass sich drei Jahre zuvor ein Pfarrer namens Oskar Brüsewitz aus Protest selbst verbrannt hatte, dass ein Künstler namens Wolf Biermann ausgebürgert worden war oder, um die ADN-Meldung zu zitieren, *„ihm das Recht auf den weiteren Aufenthalt in der DDR entzogen worden war"* und dass der unter Hausarrest gestellte Wissenschaftler Robert Havemann im September 1979 zehn Thesen zum 30. Jahrestag der Gründung der DDR verfasst und u.a. von der *„Diktatur des zentralen Parteiapparates"* gesprochen hatte. Ebenso wenig durfte ich natürlich erfahren, dass der Schriftstellerverband im gleichen Jahr neun Mitglieder ausgeschlossen und damit die Intellektuellen in zwei Lager von Dissi (Dissident) und Dogi (Dogmatiker) gespalten hatte und Rudolf Bahro nach seiner Entlassung aus der Haft für immer in den Westen gegangen war. Wie auch in allen anderen sozialistischen Ländern, spiegelte in der DDR der Umgang des Staates mit seinen Künstlern, Schriftstellern, Wissenschaftlern seinen eigenen politischen Zustand wider. Heutzutage schiebt die Vietnam regierende KPV ihre Kritiker nach ihrer Entlassung aus dem Gefängnis sofort in die USA, aber auch nach Deutschland ab.

Diese damals für mich unbekannten Wahrheiten kamen erst seit der Wende 1989 nach und nach ans Licht. Aber, ehrlich

gesagt, bin ich mir nicht wirklich sicher, ob ich damals –
selbst, wenn ich all dies schon gewusst hätte – schon in der
Lage gewesen wäre, mir ein anderes, kritischeres Bild über
die DDR zu machen. Rückblickend ist man natürlich immer
klüger; man weiß viel mehr und kann daher die
Vergangenheit sehr viel besser verstehen und kritischer
beurteilen. Mit der Zeit verschieben sich aber auch mehr und
mehr die Unterschiede zwischen dem, was und wie man
damals die Dinge sah, verstand und empfand, und dem, wie
man sie heute sieht, versteht und empfindet. Tina Rosenberg
hat sicherlich recht, wenn sie in ihrem Buch *„Die Rache der
Geschichte"* schreibt: *„Die Fähigkeit der Menschen, die
Vergangenheit so umzuschreiben, dass sie zur Gegenwart passt,
insbesondere die Fähigkeit, die individuelle Komplizenschaft mit einer
schändlichen Vergangenheit umzudeuten, ist ein Zeichen für die
Kreativität und den Einfallsreichtum unserer Spezies. Sie ist ein
Phänomen, das immer dann zutage tritt, wenn eine offizielle Orthodoxie
einer anderen weichen muss. Dann sind die Bürger genötigt, ihr früheres
Festhalten an den Werten im Licht der neuen Werte zu erklären".* Sie
wollte damit zum Beispiel das Verhalten mancher
Südafrikaner verurteilten, die nach dem Ende des
Apartheidregimes beteuerten, lebenslang gegen dieses
Regime gekämpft zu haben, oder mancher Deutschen, die
nach dem Kriegsende so taten, als ob sie nicht das Geringste

von der Judenvernichtung gewusst hätten. Sicherlich gibt es hierfür noch weitere Beispiele. Meiner Meinung nach darf man vielleicht auch nicht vergessen, dass diese von Tina Rosenberg so ironisch wie kritisch beschriebene Fähigkeit der Menschen ihnen manchmal hilft zu überleben oder auch nur weiterzuleben.

Wenn ich die DDR als ein Paradies bezeichne, denke ich, so mache ich mich damit noch lange nicht zu einem Befürworter oder gar Komplizen des DDR-Regimes. Damit möchte ich nur zum Ausdruck bringen, dass diese Fassade der DDR für mich wirklich schwindelerregend schön war. Die DDR-Führung wusste sehr genau, wie, wann und für wen die Fassade sauber und schön gehalten werden musste. In seinen Memoiren erzählt der sogenannte *„linientreue Dissident"* Jürgen Kuczynski, dass, als Herr Honecker einmal zu einer Veranstaltung nach Leipzig fuhr, die dort zum Abriss bestimmten Häuser einer Straße, durch die seine Fahrt ging, vorher frisch angestrichen und mit Gardinen versehen wurden. Die *„Begeisterung"* wurde auch organisiert: Bei einem Besuch in Halle war vorgesehen, dass Herr Honecker in einer Straße an einer bestimmten Stelle aus dem Auto steigen würde, um den am Straßenrand postierten Menschen *„näher"* zu sein. An einer Stelle durchbrachen die Menschen

„*vor lauter Begeisterung*" die Sperre. Dieser „*begeisterte Durchbruch*" war vier Tage lang geübt worden.

Für uns ausländische Wissenschaftler hatte man zwar die Häuser nicht mal schnell angestrichen, laute Begeisterung war vorher auch nicht lange geübt worden, aber man sorgte schon sehr gut dafür, dass wir wenig Chancen hatten, einen Blick hinter diese Fassade werfen zu können. Wir wohnten damals nicht im Prenzlauer Berg oder in Friedrichshain, auch nicht in Bitterfeld, in Halle oder am Rande von Leipzig. Und nicht jeder von uns hatte solche scharfen, kritischen und geübten Augen wie Timothy Garton Ash oder Tina Rosenberg, um sehen zu können, was im Hinterhof der DDR in dieser Zeit wirklich los war. Außerdem sind sicherlich ein unabhängiger Standpunkt und Vergleichsmöglichkeiten erforderlich, um kritisch zu sein. Für einen wie mich, der aus dem damaligen Vietnam kam und außer amerikanischen B-52-Bombern keine anderen modernen Errungenschaften des zivilisierten Westens erlebt hatte, sah die DDR definitiv anders aus, als für diejenigen, die aus London, Paris oder New York kamen.

1979 hatte ich durch Zufall einen Landsmann kennengelernt, der aus West-Berlin zu uns ins Gästehaus zu Besuch kam. Da dieser Mann sich damals schon im „*kapitalistischen*" West-Berlin aufhalten durfte, gehörte er zweifellos zu den privilegierten Elitenkindern. Er war, ich weiß es nicht mehr so genau, in der Tat Sohn oder Neffe des damaligen vietnamesischen Innenministers. Er hatte vorher fünf oder sechs Jahre in der DDR, an der TU Dresden, studiert, und absolvierte gerade ein Praktikum an der TU in West-Berlin. Er war wortkarg, maulfaul und erzählte uns nicht viel über das Leben im Westen, aber von oben herab ließ er uns trotzdem wissen, er kam zwar gern nach Ost-Berlin, da man hier viel billiger einkaufen konnte, aber von West- nach Ost-Berlin zu kommen, käme ihm vor, als ob er aus der zivilisierten Welt zurück in ein vergessenes Dorf gekommen sei. Ich wollte ihm, diesem arroganten Kadersöhnchen, kein Wort glauben.

Blicke hinter die Fassade der DDR konnte ich erst nach dem Mauerfall werfen. Rykestraße, Oderberger Straße, Kastanienallee und ihre Hinterhöfe, Hackesche Höfe, Auguststraße, Pappelallee, Senefelderplatz ... Das war schon eine völlig andere Realität. Erstaunlich war nur, sie bedrückte mich nicht so stark. Vielleicht lag es an der euphorischen Stimmung nach der Wende, an der durch die Währungsunion und den eilig angekündigten Aufbau Ost entstandenen Zuversicht, alles werde besser. Erst als ich das legendäre, vor der Wende verbotene, Buch *"Ost-Berlin"* von Harald Hauswald und Lutz Rathenow in die Hand bekam und die darin abgedruckten Schwarz-Weiß-Fotos dieser Stadteile sah, war ich auf einmal tief erschrocken. War das die Stadt, die ich zu kennen glaubte?

Das war genau jene Reaktion, die auch Ilko-Sascha Kowalczuk in seiner Einleitung für die neueste Auflage des genannten Buches im Jahre 2014 beschrieben hatte: Erschrecken.

Die DDR-Fassaden, mit dem Fernsehturm, dem Palast der Republik, den Warenhäusern *"Centrum"*, den Neubaugebieten Hohenschönhausen oder Marzahn, hatten mich tatsächlich geblendet. Sonst kann ich mir meine damalige Blindheit kaum erklären, eine fast totale Blindheit, die dazu führte, dass ich diese bedrückenden, im Buch *„Ost-Berlin"* dokumentierten Ruinen übersehen hatte, die den Zerfall der selbst ernannten Stadt des Friedens symbolisierten und die Verwahrlosung der sogenannten Festung des Sozialismus ankündigten. Während Rathenow schon Anfang der 80er Jahre beim Schlendern durch den Palast der Republik vorhersagte, *„vielleicht wird dieser Palast einem wiederaufzubauenden Schloss einmal weichen müssen"*, war ich bei der Bewunderung der seltsamen und wunderschönen Widerspiegelung des Berliner Doms in der Fassade des Palastes nicht mal in der Lage, mich zu fragen, warum

Glasfenster des Palastes trotz der jüngeren Geschichte dieses Landes braun sein müssen.

Was und wie lange würde man eigentlich brauchen, um zu unabhängigen, ideologie- sowie illusionsfreien Einsichten und Anschauungen zu gelangen?

Palast der Republik und Berliner Dom, 1986

Gruppenleiter im Gästehaus

Von Geburt an sind wir Vietnamesen im Norden, insbesondere die nach 1945 geborenen Generationen, immer von der KPV sorgsam organisiert, geschützt, kontrolliert und geführt worden. Man bekam dies überall und hautnah zu spüren, in kleinsten Dörfern auf dem Lande, in allen Bauern- und Handwerker-Produktionsgenossenschaften, Industriebetrieben, in allen Schulen, Universitäten, staatlichen Institutionen oder in der Armee, Tag und Nacht, während der Arbeit und Freizeit, beim Schlafen und beim Sex. Seit der Kindheit wurde uns immer wieder beigebracht, dass wir ohne die Führung durch die Partei niemals den Kampf gegen die viel besser ausgerüsteten Armeen der französischen, japanischen und amerikanischen Aggressoren sowie gegen die chinesischen Expansionisten hätten gewinnen können. Wir seien alle Kämpfer, zunächst für die Unabhängigkeit und Wiedervereinigung des Landes, dann aber auch für die Erfüllung jener uns von der gesamten Menschheit übertragenen Aufgabe: Den Sozialismus in einem einst durch die Kolonialherrschaft unterdrückten, noch nicht industrialisierten, wirtschaftlich zurückgebliebenen Lande erfolgreich aufzubauen. Wegen dieses Kampfes, oder gerade für diesen Kampf, müssten wir als Kämpfer organisiert werden, auf engstem Raum leben und natürlich auf alles Private verzichten. Kämpfer haben eben nichts Privates. Kugeln aus dem Maschinengewehr eines französischen Legionärs oder die Bomben einer B-52 der US-Luftwaffe trafen nicht eine einzelne Person, sondern uns alle.

Im Ausland, wo nach den Warnungen der Botschaft und unseres Kulturattachés überall, wie man behauptete, so viele negative Einflüsse und dekadente Verlockungen auf uns lauerten, müssten wir natürlich noch besser organisiert und geschützt werden. Man stellte uns daher unter noch sorgsamere Kontrolle und Führung. Für alle in das Ausland, d.h. in die ehemalige Sowjetunion, in die DDR oder andere RGW-Länder delegierten Bürger Vietnams – ganz gleich, ob Gastarbeiter, Studenten oder Akademiker – übernahm die vietnamesische Botschaft im Lande diese Funktion der Kontrolle und Führung. In jeder Botschaft gab es neben den Abteilungen für übliche diplomatische Tätigkeiten auch eine getarnte Abteilung der vietnamesischen Staatssicherheit und eine KPV-Zelle mit ihrem allmächtigen Parteisekretär, der die tatsächliche Kontrolle und Führung über alles besaß und buchstäblich das letzte Wort hatte. Überall, wo wir in der DDR beschäftigt waren, ob in Instituten, Hochschulen oder Betrieben, wurden wir in Gruppen eingeteilt, deren Gruppenleiter unbedingt ein KPV-Mitglied und von der vietnamesischen Botschaft in der DDR bevollmächtigt sein musste. Neben einem Gruppenleiter gab es in jeder dieser Gruppen, genau wie in der Botschaft oder in der nach chinesischem Modell organisierten Volksarmee Vietnams mit ihren Politkommissaren, auch einen Parteisekretär, der von den Parteimitgliedern der Gruppe formell gewählt wurde und der Parteizelle der Botschaft untergeordnet war. Alle ins Ausland entsandten Personen, Parteimitglieder oder nicht, gingen nach ihrem Aufenthalt wieder in die Heimat zurück, Gruppen und Parteizellen existierten aber mit ihren neuen von der Botschaft ernannten Leitern und *„gewählten"* Parteisekretären immer weiter.

Kamst du also damals in die DDR, egal warum und wie lange, musstest du dich zunächst persönlich bei der Botschaft melden und dort deine Unterlagen, insbesondere das in Vietnam von der für dich zuständigen Kaderabteilung erteilte und versiegelte Zeugnis über deine Identität abgeben. Dann wurdest du einer Gruppe zugeteilt, wo du dich beim Gruppenleiter zu melden hattest; und, falls du KPV-Mitglied warst, auch noch beim Sekretär der Parteizelle. Ganz gleich ob Parteimitglied oder nicht, wird eine Akte über dich geführt. Gemeinsam mit dem Parteizellensekretär führte dein Gruppenleiter diese Akte. Sie berieten sich mit Parteimitgliedern und Sympathisanten, tauschten ihre alltäglichen aber peinlich genauen Beobachtungen aus und überlegten, was in die Akte zu kommen hatte. Da stand alles drin, was du auf den regelmäßigen Sitzungen über deine Arbeit und dein Leben berichtet hattest, was du absichtlich oder unabsichtlich erzählt hattest, was deine Mitbewohner über dich berichtet hatten. So erfuhr man aus deiner Akte alles: Wer du bist, was du machst, was du gern isst und trinkst, wie du dich benimmst, mit wem du befreundet bist, was für Filme du dir oft ansiehst, was du liest, ob du zu FKK-Stränden gehst, wann, wie und wo du was gesagt hattest, eventuell sogar was du denkst. So gesehen wurden wir rund um die Uhr von mindesten zwei Seiten überwacht, kontrolliert und, ja, geschützt. Einerseits extern durch Hausmeister und Putzfrauen des Gästehauses und andererseits intern, durch uns selbst. Informationen, Fakten über dich wurden gesammelt, registriert und archiviert, nicht unbedingt durch Gewalt, Erpressung, Gemeinheiten oder Ähnliches. Der große Vorteil der internen Überwachung bestand doch darin, dass sie – im Gegensatz zur externen – nicht allein durch offene oder heimliche Beobachtungen unserer Kleider, Kühlschränke, Bücher, Bettwäsche (vielleicht um Körpergeruch zu konservieren), sondern auch durch ein total kollektiviertes Leben ohne jede Privatheit dich ständig unter Kontrolle halten konnte. In solch einem Leben, in dem sich immer Leute finden, die dich besser zu kennen scheinen, als du dich selbst, gerät man leicht in die Versuchung, sich freiwillig zu offenbaren und sich durch Kritik und Selbstkritik aufrichtig und ehrlich dem geliebten Kollektiv anzuvertrauen und auf alles Private zu verzichten.

Nach dem Aufenthalt in der DDR wird deine Akte – zusammen mit den von der Botschaft gestempelten Begutachtungen sowie Bewertungen deines Gruppenleiters, des Parteisekretärs und des Botschafters – mehrmals kopiert und per diplomatischem Kurier nach Vietnam geschickt. Ein Exemplar zur Kaderabteilung deines Institutes, eins zum Innenministerium, wo es als neue Anlage deiner dort seit langer Zeit lückenlos geführten und sorgfältig aufbewahrten Akte hinzugefügt wird.

Der 1975 aus Prag emigrierte Schriftsteller Milan Kundera meinte, eine Welt, in der die Menschen zusammengepfercht leben müssen, in der das Private liquidiert worden ist, sei ein Konzentrationslager. Vielleicht wird man sich deswegen auch nicht über das wundern, was später sein Kollege Bui Ngoc Tan aus Vietnam erzählte: Als er nach einer langen Gefangenschaft aus einem Umerziehungslager entlassen wurde, kämen ihm überall Leute, denen er begegnete, wie als ehemalige Mitgefangene vor. Und er erzählte auch, das Straflager im Wald, in dem er grundlos und ohne jegliches Gerichtsurteil gefangen gehalten wurde, habe keine Zaunanlagen. Inhaftierte flohen trotzdem nicht. Wohin denn auch, wenn das ganze Land schon ein großes Gefängnis ist?

Das Gästehaus der AdW in der Zechliner Straße in Berlin existierte seit ungefähr 1975-76 bis zur Abwicklung der AdW Ende 1991. Gäste aus Vietnam kamen und gingen, aber an diesem System hatte sich in all den Jahren nichts geändert. Während meines ersten Aufenthaltes im Jahr 1979 war mein Gruppenleiter dort ein Literaturhistoriker, der vor Jahren an der Humboldt-Universität Germanistik studiert hatte. Er konnte sehr gut Deutsch, da er als Sohn eines hohen Parteifunktionärs fast seine ganze Kindheit irgendwo bei Dresden verbracht hatte.

Er war freundlich und hatte uns Neulingen viel beim Deutschlernen geholfen. Man bekam auch schnell den Eindruck, dass er sich in Sachen des wissenschaftlichen Marxismus-Leninismus und sozialistischen Realismus sehr gut auszukennen schien. Uns Laien erläuterte er gerne, dass es die richtige deutsche Literatur eigentlich erst nach der Gründung der DDR gäbe. Luther, Goethe, Schiller, oder wie sie alle hießen, seien zwar interessant zu lesen, aber wegen des Fehlens einer marxistischen Theorie des Klassenkampfes seien sie für die proletarische Weltrevolution nahezu bedeutungs- und wertlos. Er soll später Leiter der Europa-Abteilung des Institutes für Literatur in Hanoi geworden sein! Von einigen seiner engen Schüler und Mitarbeiter stammten zahlreiche Studien, wie zum Beispiel die über das

Klassenbewusstsein von Thomas Müntzer als wahrer Führer des Bauernkrieges oder darüber, wie die deutsche Sozialdemokratie die Arbeiterklasse verraten und den Mord an Rosa Luxemburg und Karl Liebknecht zu verantworten habe. Sie waren es auch, die einen Nachruf zum Tod Erich Honeckers verfasst hatten, in dem er als bester Kenner der deutschen Literatur gepriesen wurde. Unlängst veröffentlichten sie eine sensationelle Reportage, die ihren Lesern in Vietnam drastisch vor Augen führte, wie hervorragende DDR-Schriftsteller in jüngster Zeit schlecht behandelt, diskriminiert, ja gedemütigt würden. Selbst die angeblich von allen DDR-Bürgern geschätzte Zeitung *„Neues Deutschland"* wurde aus einem der schönsten Hochhäuser im Zentrum Berlins verbannt, sodass ihre Redaktion nun mit einem schäbigen Gebäude an der Treptower S-Bahnbrücke vorliebnehmen müsste.

Bei meinem zweiten Aufenthalt in der DDR 1988 war der Gruppenleiter ein Chemiker, der im gleichen Institut der AdW wie ich arbeitete. Wir wohnten sogar in einer Wohnung der Wohngemeinschaft, er im größeren und ich im kleineren Zimmer; das Bad und die Küche teilten wir uns. An sich wäre das für mich als Nicht-Parteimitglied eine hervorragende Voraussetzung gewesen, um von ihm eine bessere Beurteilung in meiner Kaderakte zu erhalten. Leider verlief unsere enge Nachbarschaft eher kalt als herzlich. Und, dem damaligen Zeitgeist entsprechend, müsste ich heute eigentlich aufrichtig Selbstkritik üben und dazu sagen, dass die nachbarschaftliche Kälte allein nur auf mein Benehmen zurückzuführen war. Hätte ich mir doch nur ein wenig mehr Mühe gegeben, um ihm abends freiwillig Reis, morgens Tee oder Kaffee zu kochen, und weniger Zeit für meine Arbeit im Institut aufzuwenden, stattdessen ab und zu für ihn einkaufen zu gehen oder einige damals schwer zu bekommenden Sachen für ihn zu besorgen!

Er war ein ruhiger Mensch und konnte jederzeit mit einem zufriedenen Lächeln in der S-Bahn, in der Straßenbahn, im Bus oder ab und zu sogar mittags an seinem Schreibtisch im Labor einschlafen. Selbst als einige Kollegen im Institut ihn höflich und vorsichtig darauf hinwiesen, so einfach während der Arbeitszeit einzuschlafen wäre nicht gut, ja sogar gefährlich, ließ er sich nicht aus der Ruhe bringen, sondern suchte sich stillschweigend eine versteckte Ecke in der Institutsbibliothek. Trotzdem gelang es ihm aber, seinen Betreuer im Institut davon zu überzeugen, dass es ein außerordentlicher Beitrag für die Völkerfreundschaft sei, wenn er einen großen Teil seiner Dissertation schreiben würde. Nach seiner Rückkehr aus Berlin hatte er die Stelle des Direktors eines chemischen Institutes in Hanoi erhalten.

Später, nach der Wende, schaffte er es durch ein Programm des DAAD, des Deutschen Akademischen Austauschdienstes, nach Bremen zu kommen. Weil er dort an der Uni aber niemanden für das Schreiben seiner geplanten Habilitation gefunden hatte, genoss er in aller Seelenruhe seinen Aufenthalt in Bremen, der monatlich einige Tausend DM kostete, und flog dann nach Hanoi zurück. Dort kaufte er sich ein kleines Haus und hielt bis vor Kurzem weiter an der Universität Hanoi seine Vorlesungen. Wie man sich erzählte, nutzte er diese Vorlesungen, um seine Studenten mit der bitteren Wahrheit vertraut zu machen, dass man im kapitalistischen Deutschland leider den ihm wohlvertrauten kommunistischen Internationalismus missachte.

Zu behaupten, dass alle in der DDR von vietnamesischen Wissenschaftlern erworbenen Diplom- oder Promotions- urkunden nur aufgrund des *kommunistischen Internationalismus* zustande gekommen seien, wäre dennoch nicht nur falsch, sondern eine Beleidigung der Mehrheit der vietnamesischen Wissenschaftler sowie ihrer Kollegen und Betreuer in der DDR, die keine Zeit für ein Nickerchen während der Arbeit hatten und für ihre Diplome oder Dissertationen richtig rackern mussten. Wir wussten aber alle, dass es eine bestimmte, offiziell nie bekannt gemachte Quote an

„*Freundschafts-Doktor-Titeln*" für Kader gab, die für eine Führungsposition in Vietnam vorgesehen waren. Die Fakten sprechen für sich. Ob unser Parteizellensekretär, den ich – eine Fügung des Schicksals – bei meinem ersten, wie zweiten Aufenthalt erleben durfte, dazugehörte, wusste ich nicht so genau. Als ich ihn 1979 beim ersten Mal kennengelernt hatte, promovierte er. Offensichtlich erregten meine Kinogänge und meine nicht genehmigten Besuche bei deutschen Kollegen seine revolutionäre Wachsamkeit und Fantasie und er widmete ihnen ausführliche Einträge in meine Kaderakte. Ohne die geduldige wie hartnäckige Einmischung meines mehr oder weniger liberalen Chefs sowie meiner deutschen Kollegen, die sich für unsere wissenschaftlichen Ergebnisse interessierten, hätte ich mit so einer Akte wohl kaum noch eine Chance gehabt, jemals wieder ins Ausland zu kommen. Zehn Jahre später, als ich wieder nach Berlin kam, war er schon wieder da. Bereits drei Jahre zuvor war er in ein anderes Gästehaus in der Leninallee, jetzt Landsberger Allee, eingezogen, das noch sehr viel besser eingerichtet war als unser früheres Gästehaus. Er war mit seiner Promotion B, also der DDR-Variante der Habilitation, so gut wie fertig. Der Mann war einmalig: Nach insgesamt sieben Jahren in der DDR war er nicht in der Lage, auch nur einen richtigen deutschen Satz zu sprechen. Wir hatten später Gelegenheit

143

gehabt, uns selbst davon zu überzeugen, dass dies auch gar nicht so unbedingt notwendig war. Bei der Verteidigung seiner Promotion B, zu der selbst wir als Nicht-Parteimitglieder eingeladen worden waren, las er zunächst seinen Vortrag wortwörtlich von einem vorbereiteten Manuskript ab. Als die Mitglieder der Prüfungskommission ihm Fragen zu seiner Dissertation B stellten, antwortete er auf jede Frage, egal wie sie lautete, lächelnd, leise und brav: *„Ich danke Ihnen für die Frage. Sie wird mir sehr helfen, meine Arbeit zu verbessern und dadurch einen Beitrag zur Festigung der sozialistischen Freundschaft zwischen unseren Ländern zu leisten."* Diesen für ihn sehr komplizierten Satz hatte er vorher mehrere Tage vor dem Spiegel oder auch vor seinen vertrautesten Genossen geübt.

In Hanoi ist er später Erster Stellvertretender Direktor im Institut für Physik an der Akademie geworden. Dort hat er sich fast ausschließlich um die Parteiarbeit gekümmert, ohne die die *„erstaunlichen Fortschritte"* vietnamesischer Wissenschaft in den letzten Jahrzehnten kaum zu erklären wäre.

Nach der Wende wurde das Gästehaus aufgelöst. Neues System, neue Regeln. Im Gegensatz zu unseren nordkoreanischen Mitbewohnern, die ohne Ausnahme innerhalb einer Woche gnadenlos aus der DDR in ihre Heimat verbracht wurden, konnten wir zwar in Deutschland, aber nicht im Gästehaus, bleiben. Das Gästehaus war in ein Hotel umgewandelt worden, in dem ein Zimmer pro Nacht nun schwindelerregend teuer war. Alle Gruppenleiter wie auch der Kulturattaché hatten sich schnell und stillschweigend aus dem Staub zurück in die Heimat gemacht. Offensichtlich würde uns niemand mehr vor den noch negativer und gefährlicher gewordenen Einflüssen sowie den dekadenten Verlockungen im nun völlig kapitalistisch gewordenen Deutschland schützen. Jeder ging nun seinen Weg. Manche kehrten doch lieber zurück nach Vietnam, andere versuchten ihr Glück in Deutschland. Meistens gaben sie ihre akademische Karriere auf und versuchten, durch den Verkauf von Zigaretten, billigen Kleidungsstücken oder selbst-ausgedachten „China-Pfannen" ein neues Leben zu finanzieren.

Es dauerte eine Weile, bevor die Zusammenarbeit zwischen meinem Institut in Berlin und den Kollegen in Vietnam wiederhergestellt wurde. Im Rahmen dieser Zusammenarbeit kamen allmählich wieder neue Doktoranden sowie Wissenschaftlerinnen und Wissenschaftler aus Vietnam zu uns, erst nach Berlin, dann nach Rostock. Teils triumphierend, teils neidisch hatte ich gedacht, dass die neuen Kollegen nun nicht länger von irgendeinem Gruppenleiter oder Kulturattaché gegängelt werden würden. Von wegen! Nach seiner Ankunft im Oktober 2011 fragte mich einer der neuen Doktoranden ganz selbstverständlich, wie man denn am schnellsten nach Berlin zur vietnamesischen Botschaft komme und bei wem er sich in Rostock als Mitglied der KPV zu melden habe! Das erinnerte mich an eine Szene im Roman *„Sonnenfinsternis"* von Arthur Koestler, in der er schrieb, *„die Partei war keine politische Organisation mehr, lag in Trümmern, aber ihr Informations- und Überwachungsapparat funktionierte noch"*.

Es kann aber auch sein, dass sich Arthur Koestler ebenfalls geirrt hat. Die KPV scheint sogar nach Jahrzehnten noch über ein intaktes System von Informations- und Überwachungsapparaten zu verfügen, mit denen sie die Vietnamesen – egal wer und wo sie sind – unter Kontrolle zu stellen versuchen. Und, dies ist nicht immer erfolglos.

Was nach der Auflösung des Gästehauses der Akademie aus den Kakerlaken, jener hartnäckigen Frucht der jahrzehntelangen wissenschaftlichen Zusammenarbeit zwischen der DDR und SR Vietnam, geworden ist, entzieht sich leider meiner Kenntnis. Wer weiß, wenn Kakerlaken sogar die Hitze eines Vulkans oder eines Atombombentests überleben können, weil sie *„nicht von Gott kreiert worden sind"*, dann wären sie durch politische Revolutionen wahrscheinlich auch nicht zu beseitigen.

Der Hausmeister des Gästehauses

Es wäre ungerecht, über das Leben im Gästehaus der Akademie zu reden und dabei kein Wort über unseren Hausmeister zu verlieren. Es lohnt sich schon allein deswegen etwas mehr über ihn zu erzählen, da er keinesfalls ein Unikat war, sondern vielmehr zu jenem Typ von Menschen gehörte, den man vielleicht überall treffen kann, nicht nur unter den zahlreichen Hausmeistern in der DDR, sondern auch im vereinten Deutschland. Solchen Menschen begegnet man auch heutzutage in allen möglichen sozialen Schichten. Sie sind fest davon überzeugt, allen anderen überlegen zu sein. Sie wissen über alles besser Bescheid und halten ihre Arbeit, ihre Aufgabe sowie ihre Person für die allerwichtigste und allerbedeutendste.

Unser Hausmeister war groß, kräftig, selbstbewusst und von sich selbst überzeugt. Gelegentlich konnte man ja erleben, wie er mit seiner tiefen, lauten Stimme dem Personal Anweisungen weitergab. Nach dem Kaffee fuhr er meist mit seinem Wartburg Gott weiß wohin, aber nie ohne seine hellbraune, große, schwere Aktentasche.

Als Hausmeister empfing er Gäste persönlich, egal wie früh oder wie spät. Er führte den Gast in sein Zimmer, erläuterte ihm die Vorschriften, die man hier im Gästehaus beachten musste. Für Gäste aus Vietnam, Kuba oder Mozambique nahm er sich normalerweise mehr Zeit und Mühe, um ihnen sorgfältig zu erklären, wie man in der Badewanne richtig badet oder duscht, wie man auf dem Klo korrekt sitzt und Toilettenpapier benutzt, wie man in der Küche einen Herd oder einen Kühlschrank benutzt und sauber hält, wie man die Waschmaschine, den Fernseher oder das Radio ein- und ausschaltet. Natürlich war es richtig, dass er all dieses seinen Gästen erklären musste, war es doch seine Aufgabe als Hausmeister, für seine Gäste zu sorgen und sich um Ordnung und Sauberkeit im Haus zu kümmern. Interessant war nur, wie er dies tat! Trocken, sachlich, belehrend, herzlos, ohne Emotion, keine Widerrede duldend, egal wer sein Gast war, Doktor, Professorin oder Praktikant. Es war auch egal, ob der Gast gerade zum ersten Mal zu ihm ins Gästehaus kam oder schon öfter da gewesen war. Man konnte den Eindruck gewinnen, es gäbe in ihm einen Plattenspieler, auf dem er automatisch, vorschriftsmäßig, ohne nachzudenken, die jeweils passende Platte spielen lassen konnte.

Anfang 1979, als ich zum ersten Mal im Gästehaus war, hatte ich schon seine Einführung gehört; als ich Ende 1988 wiederkam, hörte ich, Hut ab, fast die gleiche Platte, sie wirkte nur ein wenig müde, langsamer. Die Stagnation des real existierenden Sozialismus in der DDR und in der Sowjetunion hatte um diese Zeit eben ihren höchsten Punkt erreicht!

Er war nicht oft im Ausland, einmal in Rumänien und zweimal in Polen, wo, wie er gerne zu erzählen pflegte, Armut, Faulheit, Unordnung und Dreck herrschten. Dass man in Saigon hier und da bereits Wohnungen mit mehr Komfort und mit viel modernerer Ausstattung als in seinem Gästehaus erleben konnte, kam ihm nicht in den Sinn. Für ihn waren Vietnamesen wohl so etwas wie rothäutige Indianer in Nordamerika, die er in DEFA-Filmen wie *„Die Söhne der Großen Bären"* gesehen hatte. Vielleicht hat er mich deswegen mal gefragt, ob mein Name so etwas wie *„Schnell-Wie-Hirsch"* oder *„Hart-Wie-Stein"* bedeutet. Als er eines Tages in meinem Zimmer ein Foto meines Vaters sah, der am Schreibtisch saß und arbeitete, fragte er mich völlig überrascht: *„Ach! Gibt es bei Ihnen zu Hause auch Schreibtische?"*

Zu uns war der Hausmeister sehr freundlich. Ab und zu kam er uns ganz spontan besuchen, einfach so, zum Quatschen, Biertrinken. Er schien viel zu wissen, vielleicht sogar zu viel. Er konnte einem erklären, wie die Amerikaner sowjetische Technik geklaut hatten, um ihr Raumschiff Apollo zu bauen, wie und warum in der BRD und in West-Berlin Kriminalität, Arbeitslosigkeit, Revanchismus etc. herrschten. Er hatte auch keine Hemmung einem Hanoier zu erklären, wie stark amerikanische Bomber Hanoi attackiert hatten und dass man dort ohne die Hilfe der DDR völlig hilflos gewesen wäre. Durch den „*Schwarzen Kanal*" des DDR-Fernsehens und seine Zeitung „*Neues Deutschland*" war der Mann einfach bestens informiert! Er wusste auch sehr genau, wie wir in seinem Gästehaus lebten, was in den Zimmern ablief, wer mit wem zum Schein oder wirklich liiert war, wer häufig Besuche empfing, wer häufig Post von zu Hause bekam, wer was gekauft hatte, wer Schnaps liebte, wer nur Bier trank und wer gern zu tief ins Glas schaute. Mit einem Lächeln gab er uns normalerweise zu verstehen, dass er alles wusste.

Einmal fuhren wir, er und ich, zufällig gemeinsam im Fahrstuhl in die 4. Etage, wo ich mit einem Landsmann die Wohnung teilen musste. Da fragte er mich lächelnd „*Im Erdgeschoss wird bald eine Wohnung frei. Wollen Sie nicht in diese ziehen, damit Ihr grüner Trabi nicht nach oben fahren muss?*" Meine Freundin fuhr damals tatsächlich einen grünen Trabant! Sie war eigentlich noch nicht so oft hier gewesen, und ich glaube auch nicht, dass wir beide ihn schon mal irgendwo getroffen hatten.

In der turbulenten Zeit der Wende 1989-1990, tauchte in manchen Zeitungen eine Liste mit Namen von Stasi-Mitarbeitern auf; sein Name stand auch drauf. Viel später, als häufig in Sendungen wie Spiegel-TV, Monitor oder Panorama darüber berichtet wurde, dass zahlreiche ehemalige Stasi-Offiziere und -Mitarbeiter nach der Wende Anführer oder Hintermänner von Neonazi-Gruppen geworden seien, habe ich an ihn, unseren Hausmeister von damals, gedacht. In einer Berliner Zeitung erschien vor Jahren ein Bericht über einen Mann, der am Wochenende irgendwo in Brandenburg auf einem Marktplatz für Disziplin und Ordnung sorgte. Ein Dorf-Sheriff also. Da der Sheriff fest davon überzeugt war, die Polizei bekämpfe die illegalen vietnamesischen Zigarettenhändler sowieso nur halbherzig, hatte er sie aus eigener Initiative und höchstpersönlich in seinen Minibus gepackt, fuhr sie dann weit weg in den Wald und setzte sie, wie es ihm gerade passte, einfach dort ab.

Diese merkwürdige Geschichte hat mich auch wieder an unseren ehemaligen Hausmeister erinnert.

Der Hausmeister

Die 5-DM Münze

Es war Sommer 1989, auf dem S-Bahnhof Berlin-Schöneweide.

Ich wartete auf meinen Zug zum Alexanderplatz als eine junge Frau zu mir kam. *„Wo Taxi?"*, fragte sie mich. Nicht gleich, aber ziemlich schnell begriff ich, dass vor mir eine Frau aus Polen stand und dass diese von mir wissen wollte, wo sie ein Taxi finden konnte. *„Na, draußen! Am Eingang, links! Dort gibt es Taxis. "* Die Frau drehte sich um und ging zu einer anderen, sichtbar älteren Frau, die auf dem Bahnsteig mit mehreren Koffern und Taschen bei der Treppe stand und auf sie wartete.

Damals durften Polen nämlich nach West-Berlin fahren; es gab dort, soviel ich wusste, sogar einen Polen-Markt, wo man Geschäfte machen konnte. In jener Zeit waren Polen, Frauen oder Männer, überall in Ost-Berlin zu sehen. Auf Bahnhöfen, wie dem damaligen Hauptbahnhof (dem jetzigen Ostbahnhof) oder dem Bahnhof Friedrichstraße, waren Züge voll mit polnischen Bürgern, die mit allem möglichen Gepäck zwischen Warschau und West-Berlin hin und her pendelten, vor den teils ärgerlichen, teils neidischen Augen von nicht wenigen Bürgern der brüderlichen DDR.

Wie die beiden Frauen es geschafft hatten, so viele Koffer und Taschen bis hierher, zum Bahnhof Schöneweide, zu schleppen, war mir wirklich ein Rätsel. Aber mir war sofort klar, dass die beiden es nicht schaffen würden, all ihre Sachen die Treppe hinunter und dann durch den langen Fußgängertunnel bis zur Taxistation am Eingang zu tragen. Sie sahen so hilflos aus, guckten herum, suchten verzweifelt nach Hilfe von eilig vorbeilaufenden Fahrgästen.

Es ist häufig so in Berlin. Wenn man unterwegs ist, achtet man nur noch auf die Fahrpläne, um seinen Bus, seinen Zug, seine Straßenbahn nicht zu verpassen. Auf Bahnsteigen, an Haltestellen, im Bus oder in der S-Bahn vertieft man sich in eine Zeitung, in ein Buch oder in die eigenen Gedanken, sodass man keine Zeit hat, seine Umgebung wahrzunehmen und irgendwas um sich herum zu registrieren. Abgesehen davon war die Zeit im Sommer 1989 eine besondere Zeit. Vielleicht für alle Menschen auf dieser Welt, aber insbesondere für die, die damals in Berlin, in der DDR, in Deutschland lebten oder dort auch nur für kurze Zeit Halt machten oder gar nur durch diese Stadt fuhren. Außer zahlreichen Polen standen auf den Bahnhöfen auch viele junge Leute mit riesigen Rucksäcken auf ihrem Rücken, mal einzeln, mal in kleinen Grüppchen. Ein Witz machte damals die Runde: Die Berliner wollen nicht mehr mit U- und S-

Bahn fahren. Warum? Um die Aufforderung *„Zurückbleiben!"* nicht mehr hören zu müssen.

In der Luft lag irgendwas noch Unerklärbares, eine seltsame Mischung aus Sorgen, Angst, Ärger, Unzufriedenheit aber auch viel Freude, Hoffnung, Genugtuung. Vielleicht hatte man auch deswegen noch weniger Zeit für sich und für seine Umgebung, man war immer in Eile, als ob man versuchte so schnell wie möglich von der Straße zu kommen, rasch in seine Wohnung, in die eigenen vier Wände.

Ich hatte aber Zeit. Nach meiner Arbeit erwartete mich nichts und niemand in dieser Ein-Zimmer-Wohnung des Akademie-Gästehauses, außer langweilige, höfliche, aber nichtssagende Gespräche mit dem Herrn Hausmeister oder den Nachbarn des Gästehauses. Abgesehen davon, dass ich mehrere Jahre meiner Kindheit in Warschau verbracht hatte, hatte ich auch sonst einige Sympathie für Polen. Als Händler-Nationen und Bürger von Möchte-Gern-Großmächten verstehen sich Vietnamesen und Polen sowieso irgendwie ganz gut. Obendrein sah die kleine, jüngere Frau, die mich angesprochen hatte, gut aus, blond, ländlich schön, schüchtern wirkend.

Ich ging schnell zu beiden Frauen und sagte: *„Warten Sie! Ich komme mit; ich zeige Ihnen, wo die Taxis stehen!"* Zu dritt haben wir es schließlich geschafft, all ihr Gepäck zum Taxi zu tragen. Nachdem der Taxifahrer schweigend und nicht gerade freundlich ihr Gepäck fertig verstaut hatte, verabschiedete ich mich von ihnen. Die beiden Frauen stiegen ein und ich drehte mich um, ging in den Bahnhof zurück. Die junge Frau war schon im Wagen, doch dann stieg sie schnell wieder aus und rannte mir hinterher. Beim Bahnhofseingang erreichte sie mich, und während sie schnell *„Dziękuję! Danke!"* sagte, steckte sie mir irgendwas in meine obere Hemdtasche. Ich konnte noch nicht so richtig begreifen, was das war und was sie eigentlich wollte, da lief sie schon wieder zurück zum Wagen und stieg ein. Weg war das Taxi.

Es war eine Münze mit einem Adler drauf. Im ersten Moment hatte ich gedacht, dies wäre eine polnische Münze, Złoty. Sozusagen zur Erinnerung?! Seltsam! Aber zu Hause guckte ich mir die Münze genauer an und erkannte endlich: Das war doch eine 5-DM-Münze; auf der einen Seite stand 5 Deutsche Mark, auf der anderen – Bundesrepublik Deutschland. *„Na ja, sie wollte dich eben für deine Dienstleistung belohnen. Wie nett!"* habe ich mir lächelnd gedacht.

Schwarz, bei den Angestellten unserer Botschaft oder bei meinen Landsleuten, die damals ungefähr dort standen, wo sich jetzt das Kino Cubix am Alexanderplatz befindet und mit Westgeld spekulierten, wäre die Münze etwa 50 DDR-

Mark wert gewesen. Im Intershop am Palasthotel – an dieser Stelle thront heute triumphal der sogenannte AquaDom – konnte ich mit 5 DM nichts Wertvolles für mich kaufen. Die Münze ist mir deswegen treu geblieben und nicht viel später, wer hätte das gedacht, hat sie mit mir, im Herbst 1989, auch die womöglich bewegendeste Zeit der jüngeren deutschen Geschichte erlebt.

Die Mauer war schon fünf Monate gefallen, als ich, einer Einladung von einem Kollegen folgend, im März 1990 zum ersten Mal nach West-Berlin gefahren bin, um ihn und seine Arbeitsgruppe im Fritz-Haber-Institut in Dahlem zu besuchen. Diese erste Reise in den Westen, also Kudamm, Bahnhof Zoo, Gedächtniskirche, hat mich erstaunlicherweise nicht so tief beeindruckt, wie ich erwartet hatte. Ich kann mich an fast nichts mehr erinnern von diesem Tag, außer dem Gefühl der Freude, der Aufregung, insbesondere bei dem Grenzübertritt am S-Bahnhof Friedrichstraße. Es gab aber eine kleine Geschichte, die ich nicht vergessen habe und die mich bis zum heutigen Tage bewegt.

Nach dem Besuch in Dahlem fuhr ich mit der U-Bahn zurück zum Bahnhof Zoo und lief langsam zur Gedächtniskirche. *„Von hier rufst du Ulrike an"*, habe ich mir gedacht, *„du bist immerhin zum ersten Mal in West-Berlin"*. Ulrike, meine Freundin, wohnte damals nicht weit von der Mauer entfernt, aber im Ostteil von Berlin. Ich hatte aber kein Westgeld in meinem Portemonnaie, außer dieser 5 DM-Münze, die Belohnung der jungen Polin von damals. Nach kurzer Überlegung habe ich eine ältere, gut angezogene und vornehm aussehende vorbeilaufende Dame gefragt: *„Entschuldigen Sie bitte! Ich komme von drüben, und ich möchte so gern von hier nach Hause telefonieren. Würden Sie so nett sein, mir 5 Mark zu wechseln?"*

Die Dame hatte mir nicht gleich geantwortet. Mit einem kalten, sehr kalten Blick guckte sie mich ein paar Sekunden von oben nach unten an und langsam, sich beherrschend, mit kaum bewegten Lippen, sagte sie: *„Ich bin aber von hier! Und ich möchte mit euch von drüben nichts zu tun haben!"*

Dann ging die gnädige Frau weiter – ruhig, langsam, stolz, ohne Aufregung, wie ein Sekretär aus dem nahen gelegenen Zoo. Ich schaute ihr erstaunt hinterher und dachte: *„Ha! Und du dachtest, jeder würde mit dir deine Freude teilen, dass du endlich von hier nach drüben telefonieren kannst".*

Meine Geldnot wurde dann ein paar Schritte weiter, dank der freundlichen, schnellen und unbürokratischen Hilfe eines türkischen Obst- und Gemüse-Händlers gelöst.

5 DM Ost-West

Ein braver neuer Bürger[14]

Sprachtest

Formell fing mein Einbürgerungsverfahren zunächst mit dem Sprachtest an.

In einem Schreiben vom Standesamt hat man mir mitgeteilt, *„dass der Einbürgerungsantrag nach §§ 85 ff. des Ausländergesetzes (AuslG) in der ab dem 01.01.2000 gültigen Fassung weiterbearbeitet wird. Da gemäß § 86 AuslG ausreichende Kenntnisse der deutschen Sprache geprüft werden müssen"*, sollte ich also einen Nachweis über Kenntnisse der deutschen Sprache (Originale und Kopien) nachreichen.

Ausreichende Sprachkenntnisse sollten in der Regel, so das Schreiben des Standesamtes, nachgewiesen sein, wenn der Einbürgerungsbewerber

a) das *„Zertifikat Deutsch als Fremdsprache"* oder ein gleichwertiges Sprachdiplom erworben hat,

b) vier Jahre eine deutsche Schule mit Erfolg, also mit Versetzung in die nächsthöhere Klasse, besucht hat,

c) einen Hauptschulabschluss oder gleichwertigen deutschen Schulabschlusses erworben hat,

---

[14] Eine gekürzte Version der Geschichte ist bereits erschienen in „Die Wechselstellung unter Kollegen", Henry Spietweh, 2018, BoD, Norderstedt, ISBN: 9873746045030

d) in die 10. Klasse einer weiterführenden deutschsprachigen Schule (Realschule, Gymnasium oder Gesamtschule) versetzt worden ist oder

e) ein Studium an einer deutschsprachigen Hochschule oder eine deutsche Berufsausbildung erfolgreich abgeschlossen hat.

Laut den Ergebnissen der PISA-Studie im Jahr 2000 sollte das eigentlich keine nicht zu erfüllende Forderung sein. Einbürgerungsbewerber, die wie ich, weder Zertifikat noch Abschlüsse erworben hatten, können zum Glück aber an den Berliner Volkshochschulen einen *„Sprachtest für die Einbürgerung"* als Nachweis für ausreichende Sprachkenntnisse ablegen.

Die Teilnahme an so einem Test kostete 30,- DM, also 15 €.

Und, in einem Informationsblatt der Berliner Volkshochschulen wurde konkreter erläutert, dass ausreichende Sprachkenntnisse vorliegen werden, *„wenn sich der Einbürgerungsbewerber im täglichen Leben einschließlich der üblichen Kontakte mit den Behörden in seiner deutschen Umgebung sprachlich zurechtzufinden vermag und mit ihm ein seinem Alter und Bildungsstand entsprechendes Gespräch geführt werden kann. Dazu gehört auch, dass der Einbürgerungsbewerber einen deutschsprachigen*

Text des alltäglichen Lebens lesen, verstehen und den wesentlichen Inhalt wiedergeben kann".

Im alltäglichen Leben, in meiner deutschen Umgebung, also mit Nachbarn oder Kollegen, in Kaufhäusern oder Supermärkten, auf der Straße oder in Kneipen, in U-Bahn oder S-Bahn, wie man in diesem oben genannten Informationsblatt wahrscheinlich meinte, glaube ich, fände ich mich sprachlich, Schritt für Schritt, Tag für Tag, nach über zehn Jahren Aufenthalt irgendwie schon zurecht. Einfach war und ist es natürlich nicht! Sowohl beim Sprechen als auch beim Schreiben, insbesondere bei Verwendungen der Artikel *der, die, das,* tauchen immer wieder Fehler auf. Deutschlernende Erwachsene, so wie ich, machen wahrscheinlich zu oft den Fehler, zu viel zu denken oder nach Regeln zu suchen.

Also, die Flüsse, die Ströme z.B. heißen oft meist *die,* nicht wahr? *Die* Donau, *die* Oder, *die* Weichsel, *die* Elbe, *die* Weser, *die* Maas, *die* Mosel; aber warum ist dann *der* Rhein, *der* Main, *der* Amazonas und *der* Mekong? Ländernamen haben oft keine Artikel, selbst Österreich, Frankreich, Deutschland, England, Thailand (obwohl diese Namen vermutlich aus *„das Reich"* bzw. *„das Land"* stammten) Schweden, Japan, Vietnam, Indien, China. Warum dann aber *die* Schweiz?

Warum *der* Irak, *der* Sudan, aber *die* Türkei? Das Verb „*hören*" scheint immer was mit den Ohren zu tun haben; abhören, anhören, zuhören, verhören. Und nun plötzlich, „*aufhören*" oder „*gehören*". Gibt es dabei auch irgendeine Verbindung zum Hören? Warum bedeutet „*der Bus hält an*", dass er stehen bleibt, während „*der Protest hält an*" das genaue Gegenteil bedeutet, nämlich dass der Protest noch andauert, sich fortsetzt?

Im Alltag habe ich aber noch nie erlebt, dass jemand sich aufregt, wenn er eine süße weibliche Stimme mit französischem Akzent „*Lieber Harald, kannst Du mir* eine von der *Bier der letzten Nacht schicken!*" sagen hört! Als Ausländer hat man manchmal sogar das Privileg, sprachliche Fehler machen zu dürfen, worüber die Einheitlichen sich nicht beschweren würden.

Ich bin einmal ins Büro unseres stellvertretenden Institutsdirektors gegangen und fragte ihn ganz ruhig, ob er meinen Auftrag erhalten hatte. Wenn er nicht mit einem kaum zu erkennendem Lächeln im Gesicht ein paar Sekunden weggeschaut hätte, wäre ich auch nicht gleich danach zu mir ins Büro gerannt, um im Wörterbuch nachzuschlagen: Ich hatte *Antrag* mit *Auftrag* verwechselt! Oder in einer Kneipe hatte ich, anstatt Wermut zu bestellen, hartnäckig bei der Kellnerin nach *Wehmut* gefragt. Eine russische Kollegin, erinnern sich meine Kollegen bis heute noch immer lachend, soll vor Jahren laut verkündet haben, ihr wäre es vollkommen egal, ob Männer *Mit*glieder oder *Ohne*glieder der Deutsch-Sowjetischen-Freundschafts-gesellschaft seien! Eine andere Kollegin aus Bulgarien wollte anlässlich eines Umzugs ihre alte Telefonnummer in die neue Wohnung mitnehmen. Mit dem ganzen Selbstbewusstsein einer über ihre Rechte aufgeklärte Kundin, stellte sie sich an einen Schalter bei der Post und trug einem total verblüfften Angestellten, ohne zu zögern vor: *„Ich möchte mich sofort ausziehen. Bitte helfen Sie mir, dies schnell zu erledigen!"* Um nicht über solche Verwechslungen zu sprechen, die in bestimmten Situationen viel unangenehmer werden können, wie etwa zwischen *schwul* und *schwül*, *frisch* und *frech*, *die Leiter* und *der Leiter, Evaluierung* und *Evakuierung, Kuratorium* und *Krematorium.*

Oder, *Leitkultur* und *Leidkultur…*

Würde mein Deutsch aber schon ausreichend sein, um mich bei Behörden zurechtzufinden? Man erzählte doch überall, sie seien ungemein humorlos, sie verstünden angeblich keinen Spaß, also würden sie vermutlich auch keinen Fehler verzeihen können. Sie sprechen und schreiben, das hatte ich ja selbst gelesen, eine ganz andere Sprache, Beamtendeutsch,

Juristendeutsch, eine leblose, überladene Sprache, die die absolute Macht, der nicht zu widersprechen ist und die unangefochtene Autorität zum Ausdruck bringen soll, vor der nicht nur wir Ausländer, sondern auch gebürtige Deutsche Respekt und Angst haben müssen. Daher hatte ich, um ehrlich zu sein, ein unheimliches Gefühl als ich mich für den Sprachtest an der Volkshochschule Lichtenberg anmeldete. Um Himmels willen, bitte bloß nicht solche Texte wie *„Anleitung zur Einkommensteuererklärung“* beim Finanzamt oder *„Erläuterungen zum Antrag auf Kontenklärung“* bei der BfA.

Es ist aber anders gelaufen, als ich befürchtete. Man erhielt beim Test einen Text, der, Gott sei Dank, weder Beamten- noch Juristendeutsch war, weder Wasserkocher- noch Vitamin-Gebrauchsanweisung. Er enthielt zum Glück keine von diesen Neu-Deutschen oder Denglischen Begriffen, die nicht nur uns Ausländer oft irritieren, wie City-Clean, Car-Wash, Talk-Show, Wellness, Receiver, Highlight, Ice Maker, Job-Center, All-Age-Produkt, Hangover, relaxen, downloa*den*, easy u.ä., auch keine von solch schwer zu verstehenden Wörtchen wie *„gegebenenfalls“*, *„hiermit“* oder *„diesbezüglich“*.

Der Text war offensichtlich aus einer Zeitung entnommen worden, war aber einfach und kurz und keinesfalls so kompliziert, dass ihn lesen und verstehen zu können für einen Ausländer ein Ding der Unmöglichkeit bleiben muss, wie sich der berühmte Ausländer Mark Twain früher einmal beschwert hatte.

Vielleicht ist das, was Mark Twain meinte, eine mögliche Erklärung für eine oft zu beobachtende Erscheinung: Hierzulande gibt es in Warteräumen einer Arztpraxis, eines Friseursalons, einer Anwaltskanzlei, eines Arbeitsamtes oder einer Bank, also überall dort, wo man zum Besuch auch Wartezeit mitbringen soll, immer was zum Lesen. Veraltete Zeitungen und zerknitterte Zeitschriften, ob vom Bild-Zeitungs-Rang wie Gala, Bunte, TV-Movie, Ella, den IKEA-Katalog, Motorwelt, Fokus oder vom anspruchsvolleren, vornehmeren, erhobenen Niveau, wie der Spiegel, FAZ, die Zeit oder der Tagespiegel. Nur nicht im Warteraum der damaligen Ausländerbehörde, in der Zeit als ich noch regelmäßig dort erscheinen musste, wo die Wartezeit normalerweise fast unendlich dauerte. Die können sie sowieso nicht lesen und verstehen, war vermutlich die auf der Aussage von Mark Twain basierende Begründung dafür.

Der Text war auch nicht so verwirrend, dass ein nicht-deutscher Leser den Eindruck haben würde, *„er versuche sich einen Weg zu bahnen durch einen Dschungel von Wörtern, von denen viele keine präzise Bedeutung haben, viele nur der Weitschweifigkeit* *dienen und manche einfach überflüssig zu sein scheinen"*, wie ein anderer Ausländer, Gordon A. Craig, in seinem Buch „*Über die Deutschen*" geschrieben hat.

Es war übrigens richtig interessant, ja spannend, zu lesen, wie Gordon Craig in diesem Buch u.a. auch die Geschichte der deutschen Sprache von Martin Luther bis heute schilderte. Und Professor Gordon A. Craig war es auch, der in seinem Buch eine Anekdote erzählte, die nicht nur bei Ausländern fast immer ein Lächeln hervorbringt. In den Tagen, als Bismarck der größte Mann Europas war, wollte eine Amerikanerin, die zu Besuch in Berlin weilte, unbedingt den Kanzler sprechen hören. Sie besorgte sich zwei Karten für die Zuschauergalerie des Reichstags und einen Dolmetscher. Kurz nach ihrem Eintreffen griff der Kanzler in die Debatte ein. Die Frau rückte dicht an den Dolmetscher heran, um nichts von der Übersetzung zu verpassen. Doch obwohl Herr Bismarck eine ganze Zeitlang sprach, blieb der Dolmetscher stumm. Die Amerikanerin konnte es nicht mehr aushalten und fragte: „*Was sagt er denn?*" – „*Geduld, Madam*", entgegnete der Dolmetscher, „*ich warte noch auf das Verb.*"

So gesehen müsste der Testtext aus der Bild-Zeitung gewesen sein, die dadurch bekannt ist, dass sie – wahrscheinlich aus Mitleid mit Mark Twain und anderen nicht so berühmten Ausländern von heute – in einer zwar trivialen, manchmal sogar schockierend blöden und vulgären, aber verständlichen Sprache zu schreiben versucht. Den Text sollte man durchlesen und dann auf einige beigefügte Fragen zum Inhalt antworten. Nur durch Ankreuzen, Ja oder Nein, mehr nicht. Richtig Ankreuzen ist eigentlich verdammt wichtig und ausreichend bei *den üblichen Kontakten mit den Behörden.* Eine Prüfung fürs Schreiben muss der Einbürgerungsbewerber noch nicht ablegen – vermutlich, weil man wegen der neu eingeführten und umstrittenen Rechtschreibreform sowohl Prüfer als auch Geprüfte nicht in Verlegenheit bringen wollte. Oder vielleicht auch, weil man werdende deutsche Staatsbürger mit den zahlreichen Regeln für Grammatik und Rechtschreibung, die sogar für so erfahrene ausländische Besucher wie Madame de Staël eine Quelle der Verzweiflung waren, doch nicht gleich abschrecken möchte und sich damit in Verruf bringen könnte, man sei fremdenunfreundlich.

Nach dem Test fürs Lesen wurde der Bewerber zu einem Raum geführt, wo *seine Fähigkeit, sich mündlich zu verständigen,* geprüft wurde, indem er sich Auge in Auge mit seinen Prüfern über dies und jenes unterhalten sollte. Zwei nette Frauen waren es, die mich prüften. Vom Aussehen her dürften beide bestimmt Lehrerinnen gewesen sein, blond, blauäugig, ein bisschen korpulent. Um Stoff zur Unterhaltung zu haben, sollte ich eines von drei Bildern, die bereits vor mir lagen, beschreiben. Als ich mit der Beschreibung anfangen wollte, konnte ich mich doch nicht beherrschen und, mit einem Lächeln, sagte ich: *„Wissen Sie was, ich kann es nicht beschreiben, ohne dabei zu lachen. Es erinnert mich so sehr an eine Geschichte". „Na dann, erzählen Sie uns bitte Ihre Geschichte"*, sagte eine von den Frauen neugierig.

Das war schon vor Jahren, als ich zum ersten Mal nach Berlin kam. Damals hatten wir als ausländische Gastwissenschaftler wöchentlich vier, fünf Stunden Deutschunterricht. Es war hilfreich und mit Herrn Dr. K. als Lehrer hat es auch noch viel Spaß gemacht. Er ließ mich einmal im Unterricht ein Bild beschreiben; es war ein Bild von Zille, glaube ich, auf dem ein Paar, ein Soldat und sein Mädchen, von hinten beim Spazierengehen zu sehen waren. Der Soldat umarmte seine Freundin nicht an ihrer Taille, sondern legte, anständig war es natürlich nicht, seine Hand viel tiefer, auf ihren Po. Und anstatt das zu sagen, habe ich (wie es im Unterricht für Fremdsprachen üblich ist) laut und deutlich gedonnert: Der Soldat legt seine Hand auf ihren Arsch!

Woher sollte ich damals, nach einem kurzen Aufenthalt, schon wissen, dass dieses kurze Wort nicht nur grob, vulgär, und nicht salonfähig ist, sondern – abhängig davon, wie man es ausspricht oder betont – noch so viele unterschiedliche feine Nuancen annehmen könnte und kein anständiger Mensch das Wort in den Mund nehmen würde?! Es hat eine Weile gedauert, bis mein Lehrer sich beruhigen und mit seinem lauten, köstlichen Lachen aufhören konnte. *„Woher haben Sie das bloß ?!"*, fragte er immer wieder und fügte lachend hinzu: *„Meinetwegen brauchen Sie nicht mehr zum Unterricht zu kommen!"* So wie beide Lehrerinnen lachten, schien ihnen meine Geschichte zu gefallen. Dank dieser Geschichte hatte ich offensichtlich auch meinen Sprachtest bestanden, denn ein paar Wochen später teilte mir das Standesamt Lichtenberg von Berlin mit, *„die Volkshochschule des Bezirksamtes Lichtenberg von Berlin hat uns bestätigt, dass Sie ausreichende deutsche Sprachkenntnisse im Sinne des § 86 Abs. 1 des Ausländergesetztes besitzen"*.

Eines Tages im Januar 2003 bekam ich dann ein Schreiben des Bezirksamtes Lichtenberg von Berlin, das mir mitteilte, dass mein Einbürgerungsverfahren nunmehr durch Aushändigung der Einbürgerungsurkunde abgeschlossen werden könne. Zur Verleihung der deutschen Staatangehörigkeit bat man mich, das Bezirksamt zu den angegebenen Sprechzeiten im Dienstgebäude des

Bürgeramtes 1 in Berlin-Hohenschönhausen aufzusuchen und Unterlagen, also Ausweispapiere, Passbild und Aufenthaltsgenehmigung vorzulegen. Es wurde besonders streng darauf hingewiesen, dass das Einbürgerungsverfahren gebührenpflichtig ist. Daher musste unbedingt ein Beleg über die Gebühreneinzahlung von 255,- Euro, die aber nach dem Abzug der Sprachtestgebühr von 15,34 Euro nur noch 239,66 Euro betrug, vorgelegt werden.

Die Loyalitätserklärung

Zu den Unterlagen gehört jedoch noch ein Dokument, das im Schreiben des Bezirksamtes zwar nicht erwähnt wurde, das aber nach dem Sprachtest als zweite wichtige Stufe des Einbürgerungsverfahrens galt. Das war die folgende Loyalitätserklärung, die das Standesamt mir übersandte und ausdrücklich verlangte, dass ich sie erst unterschreiben und dann zurückreichen sollte.

Erklärung zum Einbürgerungsantrag
Nach Belehrung durch die Einbürgerungsbehörde gebe ich folgende wahrheitsgemäße Erklärung ab:
1. Ich bekenne mich zur freiheitlichen demokratischen Grundordnung des Grundgesetzes für die Bundesrepublik Deutschland. Insbesondere erkenne ich an:

a) *das Recht des Volkes, die Staatsgewalt in Wahlen und*
  Abstimmungen und durch besondere Organe der Gesetzgebung,
  der vollziehenden Gewalt und der Rechtsprechung auszuüben und
  die Volksvertretung in allgemeiner, unmittelbarer, freier, gleicher
  und geheimer Wahl zu wählen,

b) *die Bindung der Gesetzgebung an die verfassungsmäßige Ordnung*
  und die Bindung der vollziehenden Gewalt und der
  Rechtsprechung an Gesetz und Recht,

c) *das Recht auf Bildung und Ausübung einer parlamentarischen*
  Opposition,

d) *die Ablösbarkeit der Regierung und ihre Verantwortlichkeit*
  gegenüber der Volksvertretung,

e) *die Unabhängigkeit der Gerichte,*

f) *den Ausschluss jeder Gewalt- und Willkürherrschaft und*

g) *die im Grundgesetz konkretisierten Menschenrechte.*

  2. *Ich erkläre, dass ich keine Bestrebungen verfolgte*
    oder unterstütze oder unterstützt habe, die

    a) *gegen die freiheitliche demokratische*
      Grundordnung, den Bestand oder die
      Sicherheit des Bundes oder eines Landes
      gerichtet sind oder

    b) *eine ungesetzliche Beeinträchtigung der*
      Amtsführung der Verfassungsorgane des

Bundes oder eines Landes oder ihrer Mitglieder

zum Ziele haben oder

c)   durch Anwendung von Gewalt oder darauf

gerichtete Vorbereitungshandlungen auswärtige

Belange der Bundesrepublik Deutschland

gefährden. "

Loyalität gehört, es ist verblüffend, zu dem, was stets, unentwegt, permanent, von uns allen verlangt wird, von Monarchien, Diktaturen, Demokratien, Parteien, Religionen, Sekten, Clans, Familien et cetera. Ich habe das Dokument aus diesem Grund, ohne zu zögern unterschrieben. Trotzdem blieben mehrere Fragen bei mir hängen, die mich sehr lange beschäftigten und sogar zu ziemlich verwirrenden Gedanken führten.

Bei meinen deutschen Freunden konnte ich schnell feststellen, dass sie zwar über so manche Gelöbnisse treuester Gefolgschaft im Dritten Reich wussten, aber überhaupt keine Ahnung von irgendeiner Loyalitätserklärung hatten, die von Bürgern neuerer Zeit zu unterschreiben war. Sollte das heißen, dass nur werdende Staatsbürger loyal sein sollen? Oder zählt das Unterschreiben einer Loyalitätserklärung zu den Privilegien, die nur neue Staatsbürger genießen dürfen?

Und ich musste mich als neuer deutscher Staatsbürger natürlich auch fragen, was denn in dieser Loyalitätserklärung, die ich nun unterschreiben durfte, *„typisch deutsch"* ist. So eine Erklärung könnte doch auch für werdende Staatsbürger eines beliebigen Staats gelten! Die schlimmsten Diktaturen dieser Welt erklären oft doch auch, sie seien für das Recht des Volkes, für die Demokratie, für allgemeine, unmittelbare, freie, gleiche Wahlen, und so weiter und so fort. Wäre die Loyalitätserklärung eine Art *„pledge of allegiance"*, also das Treue-Gelöbnis auf die Flagge, das man einem Eingebürgerten in den USA vorschreibt, und das Kinder dort morgens in der Schule aufsagen sollen, dachte ich mir, hätte man hier in Deutschland wahrscheinlich durch auch schwören lassen können, deutsche Tugenden zu lernen und zu pflegen: Organisationstalent, Zuverlässigkeit, Präzision, Pünktlichkeit, Sauberkeit, Gründlichkeit. Außerdem sich für die Spiele der Nationalmannschaft zu begeistern, für die *„Made in Germany"*-Qualität ihrer Technik, ihre Wissenschaft, ihre Musik, ihre Kunst, die gelungene Demokratisierungs- und Friedenspolitik, die weltverändernde Gründung und Wiedervereinigung ihres Staates zu würdigen und zu verteidigen. Aber, in der Loyalitätserklärung war nichts davon zu erkennen.

175

Damit lande ich womöglich beim Thema des nationalen Stolzes, der Vaterlandsliebe, was anderswo – auch in meiner alten Heimat – sogar für die höchste Pflicht eines Bürgers gehalten wurde, worüber aber hierzulande lieber geschwiegen zu werden schien. Einem werdenden deutschen Staatsbürger erklärt die Loyalitätserklärung auch nicht, warum das so ist. Gut, der nationale Stolz könnte falsch sein oder missbraucht werden. Dies bedeutet aber doch nicht, dass man mit einem Neubürger nicht über die Würde reden soll, oder? Da die Würde nur aus Wahrheit entsteht und in Freiheit wächst und gedeiht, wie schon Gitta Sereny in ihrem Buch *„Das deutsche Trauma"* geschrieben hat.

Durch diese nichtssagende und auch nicht-typisch-deutsche Erklärung ist es vielleicht ein wenig klar geworden, warum manche Historiker stets behaupten, dass die deutsche Nation eine verspätete Nation ist, und sie – weil es heutzutage keine Sonderwege für sie geben kann – gleich schnell nach vorn eilt, um gründlich eine europäische Nation neuer Zeit zu werden. Nach Jahrhunderten der turbulenten Geschichte steht sie nun plötzlich da im Zentrum Europas, nicht nur in geographischer, sondern viel wichtiger, auch in politischer, wirtschaftlicher und kultureller Hinsicht und hält die europäische Fahne hoch. Nach dem Sieg vom Donald Trump in den USA hatte Timothy Ash sogar die Kanzlerin

Merkel zur letzten Retterin des Westens erklärt und damit natürlich auch Deutschland gemeint!

Das hilft womöglich zu verstehen, warum viele die Meinung teilen, dass es das alte Deutschland nicht mehr gibt, weil Europa und seine Ex-Nationalstaaten sich immer mehr verflechten, durchmischen und durchdringen. Das ist eine Entwicklung, die zwar Manchem Angst einjagt, die aber klar verdeutlicht, dass das Konzept der westlichen Siegermächte nach dem Kriegende 1945 sowie nach der Wiedervereinigung 1990 zur Bekämpfung des Nationalsozialismus in Deutschland hervorragend zu funktionieren scheint. Ein Konzept, das auf der grundlegenden Demokratisierung und der festen, breiten und tiefen, ja unwiderruflichen Einbeziehung Deutschlands in ein politisches, wirtschaftliches sowie kulturelles Netzwerk der internationalen demokratischen Völkergemeinschaft basiert. Es ist schon merkwürdig, dass Ausländer, oder sogar neue deutsche Staatsbürger, über 200 Jahre nach Goethe und Schiller wieder die Frage stellen müssen, wo Deutschland eigentlich liegt. Dieses neue, mit anderen Ländern Europas durchgemischte Deutschland ist aber letztendlich ein wundervolles Ergebnis der neuen Geschichte, eine logische und großartige Folge der *Erfindung des Friedens*, wie *Sir* Michael Howard es nannte. Das Konzept hatten die

Siegermächte entworfen. Verwirklicht, vollendet haben es jedoch die Menschen hier im Lande, Trümmer-Frauen, Achtundsechziger, Ostermarschteilnehmer und die „Wir-Sind-Das-Volk"-Rufer von 1989 in Leipzig, Aber auch gerade die immer wieder in den Mittelpunk der Diskussionen geratenen Zuwanderer, Vertriebene oder Spät-Aussiedler, Fremd-, Zwangs-, Vertrags-, Gast- oder Freizügigkeitsarbeiter und Flüchtlinge, egal ob sie beim Essen Eisbein, Pizza, Döner oder Reis bevorzugen. Oder nicht?!

Wäre es nicht ebenso wichtig, einem Einbürgerungsbewerber zu erklären, warum er mit der deutschen auch gleich eine europäische Staatsbürgerschaft erhalten hat?

Ich weiß nicht, wie sich ein ehemaliger Westdeutscher fühlt, wenn er quer durch Europa, ja durch die ganze Welt, reist.

Ich glaube aber, ich kann zum Teil nachvollziehen, was sich in einem ehemaligen Ostdeutschen – einem normalen DDR-Bürger also – innerlich regte, als er nach den Ereignissen vom Herbst des Jahres 1989, endlich auch frei reisen konnte. Weil bis heute noch mein Herz aufgeregt, unruhig und schneller pocht, wenn ich hier in Europa irgendeine Grenze, nach Frankreich, Holland, Spanien oder Italien frei passieren darf. Verblüffend schnell ist diese Freiheit eine Selbstverständlichkeit für alle geworden! Sogar für uns, aus Vietnam.

Wäre es nicht besser, einem werdenden deutschen Staatsbürger dies zu vermitteln, als ihn durch diese langweilige Loyalitätserklärung, die man überall auf dieser Welt, einschließlich in diktatorischen Regimen, auch verfassen könnte, zu *belehren*?

Mit dem Schreiben des Bezirksamtes Lichtenberg von Berlin und den angeforderten Unterlagen sowie einer ganzen Menge verwirrender Fragen im Kopf bin ich zum Standesamt Lichtenberg von Berlin gegangen. Wie aufgefordert, habe ich die Beamtin, die ich vorher schon kannte und die auch das oben genannte Schreiben unterschrieben hatte, aufgesucht.

Die Einbürgerungsurkunde

Es ging dann alles ganz schnell. Die Beamtin prüfte meine Unterlagen sehr sorgfältig auf ihre Richtigkeit und Vollständigkeit, insbesondere den Beleg über die Gebühreneinzahlung. Anschließend holte sie meine Einbürgerungsurkunde aus einem auf ihrem großen Schreibtisch liegenden Ordner. Sie stand auf, legte ein Blatt Papier vor mir auf dem Tisch und sagte: *„Bitte unterschreiben Sie hier und hier. Ja! Damit bestätigen Sie, dass Ihnen die Einbürgerungsurkunde heute ausgehändigt wurde... So, danke!"* Sie überreichte mir die Urkunde und setzte fort: „*Ab jetzt sind Sie ein deutscher Staatsbürger! Gehen Sie bitte weiter zum Raum so und so, hier im Haus. Dort können Sie Ihren Ausweis und den Pass beantragen!*"

Das war´s!

Ich wusste zwar, dass es keine offizielle Zeremonie zur Einbürgerung gibt; es überraschte und irritierte mich aber doch ein wenig und ich schaute mich ungewollt schnell um. Also, keine Gratulation, keine deutsche Hymne oder Schwur auf das Grundgesetz. Erst Jahre später wurde, soviel ich weiß, eine kleine Zeremonie eingeführt. Na ja, andere Länder, andere Sitten, oder, wie ich einmal auf einem T-Shirt las, „*andere Länder, andere Suppen*".

Die Beamtin blieb die ganze Zeit ihrer Position und Arbeit treu, sie sprach so fehlerfrei, sachlich, trocken, distanzierend, ohne eigene Gefühle oder Anteilnahme zu zeigen, als ob sie dafür vorher auf Festplatte gespeicherte, auf Rechtschreibung und Grammatik geprüfte Sätze abrief. Ich bedankte mich bei ihr, und bevor ich ihr Büro verließ, sah ich ihr nochmals kurz ins Auge und dachte, sie würde nicht nachvollziehen können, was in mir gerade vorgeht. Ich habe doch hier in meiner Hand die Einbürgerungsurkunde der Bundesrepublik Deutschland, die schwarz auf weiß besagt, dass ich, Name, Geburtsdatum und Wohnort stimmten natürlich überein, *„mit dem Zeitpunkt der Aushändigung der Urkunde die deutsche Staatsangehörigkeit durch Einbürgerung erworben"* habe!

Ab diesem Tage sollte für mich also ein neues Leben beginnen!

So einfach hatte ich mir das gar nicht vorgestellt.

Also ging ich weiter, meinen Personalausweis und Reisepass zu beantragen. Eine Beamtin nahm meine Daten in ihren Computer auf: Namen, Vornamen, Geburtsdatum, Wohnort. Sie war korpulent, bestimmend und hatte eine tiefe Stimme. Aber sie lächelte, als sie mich fragte: *„Welche Augenfarbe?"*. Ich wusste auch nicht warum, vielleicht wegen ihres Lächelns, das ihre Freundlichkeit verriet, schaute ich sie ein paar Sekunden lang mit meinen so groß wie möglich geöffneten asiatischen Augen an und, etwas verunsichert, antwortete ich: *„Ich weiß es nicht so genau …!"*. Sie schaute auch ein paar Sekunden in meine Augen und, als ob sie meine Gedanken lesen konnte, lachte sie: *„Ach so, ich soll Ihnen in die Augen schauen? Sie gucken gern Null-Null-Sieben-Filme, wat?! Ick bin aber nicht Ihr Kleines! Ha! Ha!"*

Zögerlich versuchte ich meine Meinung zu äußern, dass dies nicht aus einem Null-Null-Sieben-Film ist, sondern aus Casablanca. Ihre tiefe, aber freundliche Stimme antwortete: *"Na! Na! Sie sind kaum Deutscher geworden, und fangen schon an, sich zu streiten! So schnell geht es nun aber nicht, ja!"* Wie alle Beamten war sie in derart von sich überzeugt, dass Widerrede zwecklos war.

Aber ich kannte das schon. Vor Jahren hat eine Beamtin, als sie glaubte entdeckt zu haben, ich hätte meinen eigenen Vornamen falsch geschrieben, von oben herab lächelnd zu mir gesagt: *„Hierzulande schreibt man El-A-Ha-En (Lahn) und nicht El-A-En-Ha (Lanh), mein Freund!"*. Jahre später habe ich mit großem Amüsement gelesen, was Bahman Nirumand in seinem Buch *„Leben mit Deutschen"* erzählte: *„Einmal fauchte mich ein Beamter an, als ich ihm ein ausgefülltes Formular vorlegte. Er nahm einen Rotstift, zog einen dicken Strich unter meinen Vornamen und sagte: ‚Sie wollen Schriftsteller und Journalist sein? Sie können ja nicht einmal Ihren Namen richtig schreiben. „Bahman" schreibt man bei uns mit zwei „n".°"*

Ich hatte meine Erfahrung in *„der Zone"* gemacht, Nirumand aber in der BRD, zwei Staaten, zwei Systeme, zwei Ideologien, jahrzehntelang durch eine unüberwindbare Mauer getrennt. Hoch lebe die Einheit des ewigen und weltbekannten deutschen Beamtentums!

Falsch und richtig

Aus Erfahrung wusste ich auch die Freundlichkeit der Beamtin sehr zu schätzen, und deswegen habe ich lieber geschwiegen, als mit ihr zu streiten. Erich Kästner hatte doch geschrieben, wer hierzulande weiß, die Schnauze zu halten, der werde befördert. Streiten wäre nicht nur zwecklos, es barg auch das Risiko, ihre seltene Stimmung zu verderben. Allem Anschein nach gibt es nämlich sehr selten freundliche Beamte wie die Frau hier. Insbesondere bei den Ausländerbehörden am Friedrich-Krause-Ufer 24 in Berlin-Wedding, wo ich vor einigen Jahren noch wieder und wieder hinmusste, gelten sie unter den Ausländern als ausgestorbene Spezies. Hier würde ich gern wieder Nirumand zitieren, der in seinem Buch den fast immer peinlichen und ewig quälenden Gang dorthin exakt und mit harten und bitteren Worten beschrieben hatte. Wie hart und wie bitter würde er aber noch schreiben, wenn er nach dem Mauerfall in Berlin, in den 90er Jahren, den gleichen Weg hätte gehen müssen! Ach, Herr Nirumand, wir sollen uns nichts vormachen und auch mal fair und ehrlich bleiben! Würden Fremde, also Ausländer, von den Behörden in Asien, Afrika oder Russland, also woanders, besser, freundlicher, höflicher als in Deutschland behandelt? Eher nicht, oder?! Wegen einer scheinbar in der ganzen Welt verbreiteten Berufskrankheit stehen höfliche, *„ausländerfreundliche"* Beamte überall auf dieser Welt schon längst auf der Roten Liste gefährdeter Arten. Was Ausländer vielleicht noch trösten könnte, wäre, dass sie zu ihren eigenen Landsleuten auch kaum freundlicher und höflicher sind!

Die Prozedur ging zu Ende. Die Frau stempelte den Vermerk *„Ungültig"* in meinen alten Pass und sagte zu mir: *„Sie können in vier bis sechs Wochen Ihren Ausweis und Reisepass abholen. Vergessen Sie aber bitte das Geld für die Bearbeitungsgebühr nicht!"* Es war merkwürdig; ihre Stimme hörte sich so an, als wollte sie bestätigen, dass die Gebühren und nichts anderes hier am wichtigsten seien. Ich zögerte einen Moment und sagte: *„Ich habe dann vier bis sechs Wochen lang keine gültigen Personalpapiere mehr bei mir. Können Sie mir nicht irgendetwas Provisorisches geben bitte, für alle Fälle?!"* Die Frau überlegte eine Sekunde: *„Sie haben ja recht, ohne Papier geht es hier* bei uns *nicht!"* Sie betonte immer wieder *„bei uns"*. Das ist eine oft zu hörende Betonung bei vielen Deutschen im Gespräch mit nicht deutsch-aussehenden Gesprächs-partnern; bewusst oder unbewusst, gewollt oder nicht gewollt, klingt es unter Umständen in den Ohren von Betroffenen so, als steckte dahinter eine Trennlinie: Du bist ja hier *bei uns* fremd. *„Ich kann Ihnen zwar einen Ersatzausweis erteilen… Er kostet aber was. Zehn Euro, also* *zwanzig Mark."* Eine kurze Pause. Dann setzte sie fort: *„Ach, wissen Sie was, versuchen Sie in dieser Zeit einfach, sich brav zu verhalten!"* Sie jauchzte plötzlich: *„Ja! Sie müssten doch sowieso schon sehr brav gewesen sein, sonst hätten Sie die Einbürgerungsurkunde ja nicht gekriegt, oder?"*

Vor mehr als 70 Jahren schrieb Helmuth Plessner in seinem Buch *„Die verspätete Nation"* sinngemäß, man könne in Europa Engländer oder Franzose werden. Zum Deutschen aber müsste man geboren sein. Nun gab mir die freundliche Beamtin die amtliche Anweisung, die (wie auch die Aussage von Erich Kästner) nicht deutlicher sein kann, dass man sich einfach brav verhalten soll, wenn man ein deutscher Staatsbürger werden will.

Falsch und richtig

Von Mauern und Plastiktüten[15]

Es war der 9. November 1989. Ich kann mich noch gut daran erinnern, wie unglaublich es war, als ich an diesen Abend von der Arbeit nach Hause kam, den Fernseher einschaltete und die Rede des Regierenden Bürgermeisters von West-Berlin, Walter Momper, hörte. Er teilte mit, dass dieses Wochenende Hunderttausende Besucher aus Ost-Berlin nach West-Berlin kommen würden. Und er rief die Ost-Berliner auf, doch bitte die Westberliner U- und S-Bahnen zu benutzen. *„Spinnt der?"*, fragte ich mich, oder bin ich einfach zu dumm oder mein Deutsch noch zu schlecht, um seinen Witz zu verstehen?

Ja, im Herbst 1989 häuften sich auf dem gesamten Territorium der DDR-Ereignisse, die früher unvorstellbar gewesen wären. Die Gründung des Neuen Forums. DDR-Flüchtlinge in Prag und Warschau. Montagsdemonstrationen für Freiheit und Demokratie – zuerst in Leipzig, dann in anderen Städten der DDR – mit der berühmten Parole und zugleich dem unmissverständlichen Anspruch *„Wir sind das*

---

[15] Eine kürzere Version dieses Textes wurde am 8. Nov. 2014 bei Zeit-Online veröffentlicht: www.zeit.de/gesellschaft/zeitgeschehen/2014-11/mauerfall-berlin-vietnam-nikosia

Volk ". Zum 40. Jahrestag der DDR kam Gorbatschow nach Berlin, mit seiner in die Geschichte eingegangenen Mahnung über die Folge von Verspätungen im Leben.

Man spürte schon sehr deutlich, wie angespannt die Atmosphäre in der Stadt war. Vier Wochen vorher, am 8. Oktober, war ich an der Kreuzung Dimitrow- und Kniprodestraße in einen Bus gestiegen, um ins Stadtzentrum zu gelangen. Der Bus wurde umgeleitet, wegen einer *„Provokation republikfeindlicher Randalierer"* am Alexanderplatz; so lautete die aktuelle Meldung der Nachrichtenagentur ADN. Der Bus fuhr, offensichtlich nur zufällig, am Staatsratsgebäude der DDR vorbei. Was ich dort gesehen hatte, waren Soldaten, Polizei, gepanzerte Fahrzeuge. Noch nie war die Stadt Berlin, die Stadt des Friedens, so unheimlich, bedrohlich und angsterregend gewesen.

Und dann – noch ganz frisch in meiner Erinnerung – die gewaltige Demonstration am 4. November in Berlin.

Aber das, was Walter Momper heute Abend in die Kameras sagte, schien mir so unrealistisch, dass ich davon überzeugt war, ich müsste eher wegen meiner damals noch ziemlich bescheidenen Deutschkenntnisse etwas falsch verstanden haben, als dass Herr Regierende Bürgermeister Berlins so verrückt sei, solche Scherze zu machen. Unzufrieden über mein schlechtes Deutsch legte ich mich ins Bett und verpasste friedlich schlummernd die Nacht des Mauerfalls in Berlin – die schönste Nacht der deutschen Geschichte mit jenen dramatischen Szenen an den Grenzübergängen Bornholmer Straße und Invalidenstraße!

Erst am Samstag, den 11. November, etwa gegen 10 Uhr stand ich am Grenzübergang Invalidenstraße und wollte, wie fast alle Ost-Berliner in jenen Tagen, rüber nach West-Berlin. Ich durfte aber nicht. Für Ausländer war die Mauer noch dicht. Es ist ok, dachte ich, wenn auch mit Bedauern, die Mauer war, wie man sagte, ein Teil des deutschen Problems, der Fall der Mauer wäre dann zunächst auch eine Lösung des Problems der Deutschen. Ich, ein Ausländer, sollte sie lieber dieses Gefühl zuerst allein genießen lassen; ein Gefühl, das wir in Vietnam seit April-Mai 1975 selbst kennengelernt hatten. Ein solches Gefühl erlebt man vielleicht, wenn man endlich eine hermetisch abgeriegelte Grenze überschritt, die jahrzehntelang alles, Land, Himmel, Menschen, Familien, Schicksale auf brutalste Weise trennte. Ich blieb also dort stehen und habe mit Freude Leute beobachtet, die sich nicht weit vom Grenzübergang entfernt, diszipliniert vor einer provisorisch gebauten Baracke, angestellt hatten, um 100 DM Begrüßungsgeld zu erhalten, und diejenigen, die wahrscheinlich die ganze Nacht drüben in West-Berlin verbracht hatten und jetzt zurückkamen, vollbepackt mit Plastiktüten. Darauf waren die Logos von Aldi, Kaiser´s, Reichelt oder dem KaDeWe zu sehen.

Ein Stück weiter, am Grenzübergang Bahnhof Friedrichstraße, spielte sich eine ähnliche Szene ab.

All das erinnerte mich an den Tag im November 1975, als ich zum ersten Mal von Nord- nach Süd-Vietnam fuhr. Auf der Hien-Luong-Brücke über den Ben-Hai-Fluss, der 21 Jahre lang als unüberwindbare Grenze zwischen Süd- und Nordvietnam galt, traf ich eine gen Norden marschierende Gruppe von singenden, scheinbar glücklichen Soldaten. Mit dem Fall von Saigon am 30. April hatte auch der Krieg geendet. Kampfhandlungen hörten auf, im Lande herrschte eine euphorische Stimmung des Friedens. Es begann inoffiziell eine große Demobilisierung und diese Soldaten hier durften offensichtlich nach Hause. Es sah seltsam aus. Außer ihren vollgestopften Feldrucksäcken trug fast jeder von ihnen eine volle Plastiktüte mit sich, in der er sicherlich aus dem Süden seine Geschenke für seine Lieben im Norden mitbrachte. Auf diesen Plastiktüten waren die Logos von Hynos, Sanyo oder Sony.

Waren diese Plastiktüten etwa die ersten, einzig realen, konkreten und greifbaren Entschädigungen, die Deutsche heute hier und Vietnamesen damals dort nach jahrzehntelangen Trennungen ihrer Länder, Familien und Seelen erhalten konnten?

Im April 2003 hieß es, die Grenze auf der Insel Zypern, die seit 1974 das Land in zwei Teile trennt, könnte in Nikosia ab dem 22. April für Besucher zeitweise geöffnet werden. Würde dies eventuell ein nächster Mauerfall sein, den ich erleben durfte? Ich habe ja den Fall der Grenze in Vietnam, der zufällig auch im April stattfand, sowie den Mauerfall in Berlin im November 1989 erlebt, warum nicht auch den in Nikosia? Da ich Ende April sowieso Urlaub machen wollte, nahm ich gleich eine Maschine nach Zypern. Ich hatte das Glück gehabt, ein Last-Minute-Angebot von einem kleinen Reisebüro am Ostbahnhof zu ergattern, denn Touristen fliegen nicht so gern dorthin, wo gerade das orthodoxe Osterfest gefeiert wird.

Die Mauer in Nikosia ist ein absurdes Bauwerk, wie alle Mauern dieser Welt, die nur gebaut wurden, um die Freiheit einzuschränken. Es ist eine doppelte Mauer, eine wurde von den Türken, eine von den Griechen gebaut und der Pufferstreifen dazwischen wird von UN-Blauhelmen überwacht. Der Streifen trennt die Stadt in zwei Teile, Nord- und Süd-Nikosia. Er läuft nicht nur durch die Straßen oder

Höfe, sondern auch durch zerstörte Häuser, sogar durch Zimmer verlassener, unbewohnter, leerer Wohnungen. Ich glaubte fast, in einem durch den Pufferstreifen getrennten Haus ein Badezimmer mit einem zerbrochenen Spiegel erkannt zu haben. Diese doppelte Mauer bildete die sogenannte „Green Line". Man muss humorvoll, sogar sarkastisch, gewesen sein, sie so zu nennen, denn in meinen Augen sah sie eher sehr grau und richtig erbärmlich aus. "The Grey Line" wäre sicherlich viel treffender gewesen.

In Nikosia habe ich festgestellt, dass tatsächlich nicht alle Grenzübergänge geöffnet wurden. Und dort, wo geöffnet werden konnte, war die Öffnungszeit für Touristen auch nur sehr kurz. Richtig große Lust, unbedingt den türkischen Nord-Teil von Nikosia besuchen zu wollen, hatte ich, um ehrlich zu sein, auch nicht gehabt. Ich ging daher eine Weile nur an der griechischen Mauer entlang, also im Südteil von Nikosia. Ich wusste nicht, wie es im Norden, im türkischen Teil aussah, aber hier im griechischen Teil pulsierte das Leben, bunt, laut, voll, hektisch und fröhlich. Überall waren Geschäfte, Kneipen, Restaurants, Hotels und Touristen zu sehen. Die ganze Zeit fragte ich mich, was würden Leute, die hier leben, wohl denken, was würden sie empfinden, wenn sie die Mauer frei überschreiten und wieder den Nordteil von Nikosia besuchen könnten, der einst auch zu ihrer Stadt gehörte. Und die Leute aus dem Norden, wenn sie das Gleiche tun könnten. Wer würde hier dann wohl die Plastiktüten tragen, wenn eines Tages diese Mauer fiele? Schließlich blieb ich einfach vor einem Wachposten stehen. Hinter dem Wachposten, also auf der Green Line, liefen ein paar Blauhelmsoldaten gelangweilt hin und her. Ich glaubte, sogar einen gähnen gesehen zu haben. Direkt neben dem Wachposten war eine Kneipe, die sich fast an die Mauer der griechischen Seite anlehnte. Vor der Kneipe war eine Art Biergarten, der genau wie die Kneipe voll mit Touristen war. Ich weiß nicht mehr, wie die Straße oder der Wachposten heißt. Ich bin mir aber fast sicher, dass die Kneipe *"Berlin – Check Point Charly"* hieß. Und, dass ich dieses gesamte Bild der Wachposten mit den gelangweilten Soldaten, der Green Line und der voll mit lauten Touristen überfüllten Kneipe irgendwie sehr komisch fand. Ich ging zur Kneipe und es kam mir nicht mal seltsam vor, dass fast wie in einer Berliner Kneipe am Alex nur Berlinerisch zu hören war. Ich fragte einige Leute, die am Rand saßen und auf mich irgendwie freundlich wirkten: *"Seid Ihr Berliner?"*

"Was denn sonst?", antwortete lachend eine Frau, *"Und du?"*

"Ick ooch!", antwortete ich.

Saigon 1975, Berlin 1989, Nikosia?

Danksagung

Mein Dank gilt meinem Sohn und allen Freunden, vor allem aber R. und E. Fricke, G. Will, J.-F. und S. Renault, H. Kobsch, die mich unermüdlich motiviert und ermutigt haben, meine Texte gelesen, kommentiert und auch Korrekturen durchgeführt haben, damit das Buch endlich zum Erscheinen gebracht werden kann.

Für die Illustrationen bedanke ich mich bei JP Bouzac.